中村江里子の毎日のパリ

KKベストセラーズ

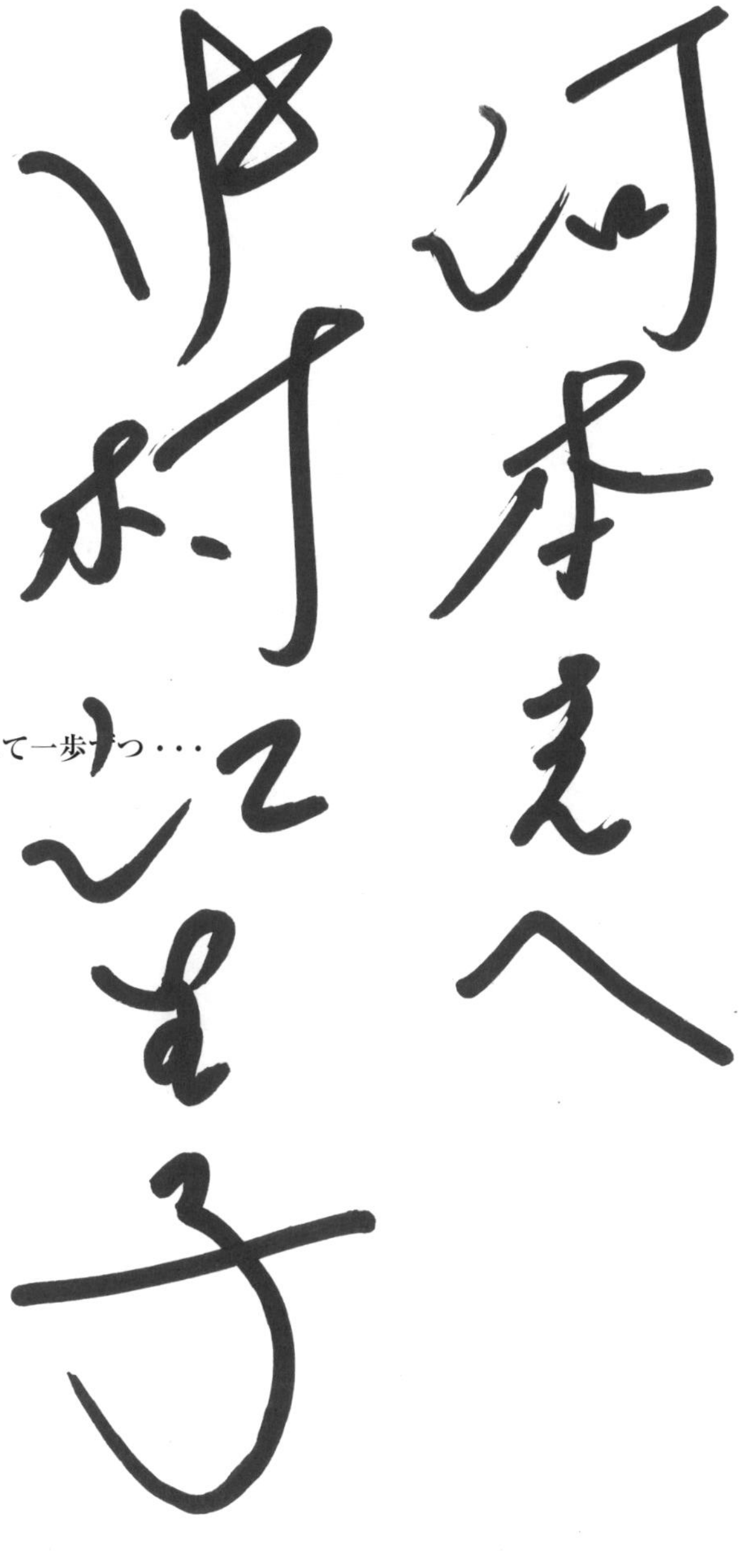

いまを信じて一歩ずつ・・・

まえがき

1年、日記を書き続けたのは、これが生まれて初めて。小学生の頃から、いったい何度、日記を書き始めては、ほんの数日で挫折…を繰り返して来たのだろう。

メモ魔の私の手帳には、その日の出来事がかなり細かく書き込まれています。でも、その時の感情まで書き込むことはなく、今回、日記というものには、何と正直に自分の気持ちが表れ、そして日記を書くという行為によって、何と日々の生活の中で〝意識する〟ことが多くなったのだろうと、改めて気付かされました。

かわいいノート、素敵なノートを買って日記をスタートさせても、ほんの数ページしか埋めることができなかった経験から、今回は、何の飾りも色気もない大学ノートでスタート。この1年でノートは3冊になりました。

いざ書き始めると、さまざまな想いが溢れ出て、1日分の日記が1ページ以上になってしまうこともよくあり…。もちろん、この3冊のノートすべてを掲載することはできないので、日数にして約半分、そして中身も多少コンパクトにしました。

2006年9月から2007年7月は、私にとって大きな変化のあった年でもあります。

2人目の子どもを妊娠、出産…。子を宿し、生み育てるというのは、心の襞《ひだ》が深くなり、どんな小さなことでも、心が響きます。

もしかしたら、皆さんのイメージされている〝パリの中村江里子の生活〟とは、かけ離れていて、がっかりされてしまうかもしれませんが…これが、私なのです。

日々、悪戦苦闘し、泣いて、笑って…。バタバタの私の生活を、ちょっとのぞいてみて下さい。

中村江里子

目次
Table des Matières

秋の章 Chapitre d'Automne

冬の章
Chapitre d'Hiver

春の章 Chapitre de Printemps

夏の章
Chapitre d' Été

秋の章

L'automne

2006
9.1 ven

バリ大好き!

インドネシアのバリに住んでいる友人のモルガンとサブリナが我が家へディナーに訪れる。彼らは「メゾン・エ・オブジェ」への出展のために、ファミリーみんなでパリへ。これは、年に2回催される、リネン、照明、食器、寝具、バスやキッチングッズ等、家に関わるすべての物を集めた大きな展示会。私も何度か行ったことがあるが、とにかく楽しい。あれもこれも欲しくなってしまう…そんな展示会。

モルガンとサブリナに会うのは8月にバリで会って以来だけれども、パリで会うと、何となく雰囲気が違ってくるから不思議だ。

ディナーの最中はファミリーの話や、仕事の話、バリの生活についてで盛り上がる。シャルル・エドワード（夫）も私もバリが大好きだし、この夏はほぼ1カ月、バリにいたから…。モルガン達の他にも、バリに住んでいる友人や知人が何人かいるけれども、みんなバリに住み続けたい!! と言っている。確かにバリの人達はいつも笑顔だし、もちろん物価等も安いけれども、それ以上に、生活を楽しめるんだろうなあと思う。仕事、仕事、ではなく、日々の生活それ自体が楽しいのでは？

来年の夏も今のままでいくと、バリでヴァカンスを過ごすことになりそう。

クレープを食べながら、秋のパリの街をお散歩。こちらでは焼き栗やアイスクリーム等、大人でも当たり前のように食べ歩き。

9.4 lun　ナツエの幼稚園入園

ナツエ（娘）、幼稚園入園。ナツエは幼稚園のことが、まだよくわかっていなかったけれど、私はいよいよ、という感じでドキドキ。今までとはまた違う、子どもを通して出会う人々との交流も始まるので…。ナツエの入るクラスは「トゥー・プティ・セクション（TPS）」という3歳以下の子どものクラス。TPSは25名らしい。子ども達は、今日は保護者と一緒にクラスに行って、先生方に挨拶をするだけの滞在で、およそ1時間。

日本のように入園式なんてないし、制服も決められた持ち物も、何もない。シャルル・エドワードは仕事の前なので、たまたまスーツ姿だったけれども、私は少しお腹が出て来ているので、『セブン』の妊婦用ジーンズにシャツというラフな格好で、とっても気楽。

幼稚園で必要な物がいくつかあったので、挨拶の後、買い出しに行く。日本だったら何をどこで買えばいいのかよくわかるけれども、パリではどこに行けばいいのか、まだよくわからない。これから少しずつ情報を集めていかなければ…。とりあえず、「タブリエ（スモック）は『ドゥ パレイ オ メーム』（子ども服のお店）か、

ドゥ パレイ オ メーム
［DPAM＝Du Pareil au Meme］

ディーパムの名称で知られる子ども服と雑貨の専門店。店舗はフランス、スペイン、日本等、世界中に170以上。べべから子ども服まであって、値段が手頃な上にかわいくて、フランスでは良く知られています。

『モノプリ』（大きなスーパーマーケット）にありますよ」と先生に教えていただく。今までも『ドゥ パレイオ メーム』に行っていたのに、タブリエの存在にまったく気付かなかった。どうやら、9月のこのシーズンをメインに扱っているみたい。
紺色のタブリエを買う。ついでにナツエが気に入ったリュックサックも購入する。

9.7 jeu ニースでのんびり過ごす時間

シャルル・エドワードの仕事に付き合ってみんなで南仏へ。ナツエは入園していきなりお休みになってしまった。お昼頃に空港着。レンタカーでママチャン（夫の母）とパパチャン（夫の父）のサン・ポール・ドゥ・ヴァンスの家へ。一緒にランチをしたり、おしゃべりをしたり、何だかのんびりしてしまう。

空気や空の色が清々しく、多くのアーティストがこの地に惹かれて住み始め、作品を生み出したのもよくわかる。とにかく〝光が美しい〟と思う。

そして南仏に来る度に思う。パリとは生活のリズムが違う、と。東京が日本の他の地域と違うのと同じ感覚かしら。ただ、今の私達にとっての南仏は、こうして週末にのんびりと遊びに来る場所かな？ 子どもはのびのびとできそうだけれども、

シャルル・エドワードや私の今の仕事の状況や生活リズムでは、住むのはもう少し先のことになりそうだ。ナツエは楽しそうに犬のガストンとアデルと遊んでいる。

9.11 lun ナツエは将来、大物⁉

夕方に雑誌『マキア』の編集の方とミーティング。カメラマンやスタイリストさんもいらして衣装合わせもあるというので、シャルル・エドワードにナツエの幼稚園のお迎えに行ってもらう。編集の方が滞在しているホテルは、私達のアパルトマンの近くなので、ホテルにナツエを連れて来てもらうことに。

スタイリストさんはとてもたくさん洋服を持ってきて下さる。本当は全部着たいところ…。でも、さすがにそうもいかず、シチュエーションに合わせて大まかに選び、最終的に全ページのバランスを考えて選択。撮影中に迷惑をかけるようなことがあってはいけないので、今回の撮影スタッフには妊娠中であることをお伝えする。実際、まだお腹はそんなに目立たないけれども、角度によってはちょっとポッコリしているし。やはり無理な体勢はできないので、あらかじめお話をしておく。

ナツエはホテルの部屋で楽しそうに、のびのびと遊んでいる。私の衣装を見たり、日本語を一所懸命に話したり、彼女はどんな時にも楽しそう。そんな姿を見て、カメラマンの方や編集の方に「ナツエちゃんは大物になりますね」と言われたけれども、大物って、どんな女性になるんだろう？ どんな仕事をするのかしら？

カフェ・オ・レとロイヤルミルクティーと『おかめ』のお弁当

朝8時半からホテルのお部屋でヘアメイク開始。ナツエはシャルル・エドワードに幼稚園に連れて行ってもらう。

ホテルのお部屋でカフェ・オ・レやパンを食べながら、準備。ここはとても小さいホテルで、お部屋に届けてもらったプティ・デジュネ《朝食》はわぁーっと驚くようなものではなかったけれど、私にとっては、こうして温かい飲み物をいただきながら、仕事の準備をするというのはじつは大好きな時間。カフェ・オ・レやロイヤルミルクティーがあれば他には何もいらない。このどちらかをたっぷりと用意していただければ、お昼がなくても、夕食を食べなくても大丈夫!! ウソ…少しオーバーかな？ でも、これに、あとはチョコレートがあれば、本当に他には何もいらない。

まずは『バカラ美術館』での撮影。何度訪れても美しい空間だと思う。ただ、撮

バカラ美術館
[Galerie-Musee Baccarat]

クリスタルで有名なバカラ社が経営する美術館。クリスタルの販売店も兼ねています。
住：11, place des Etats-Unis-75116 Paris
営：AM 10:00～PM6:30
休：火曜・日曜
TEL：01 40 22 11 00

おかめ
[Okame]

本物のおふくろの味のお惣菜がここにはあります。お弁当の仕出しも行っています。
住：235, Faubourg Saint-Honore 75008 Paris
営：AM 11:00～PM8:00（月曜～金曜）
／PM 0:00～PM5:00（土曜）
休：日曜
TEL：01 46 22 95 03

影するのにカメラマンは大変だろうなあ。ガラスの撮影は照明が難しそう…。シャンゼリゼ通りの『ゲラン』のブティックやブローニュの森でも撮影。

昼食の『おかめ』のお弁当、美味しかったあ。シンプルなおふくろの味。焼鮭とかひじきとか…単純にうれしい。スタイリストさんやヘアメイクさんをはじめ、パリ在住スタッフはみんな大喜びで、残さずきれいに食べました。カフェ・オ・レとロイヤルミルクティーも良いけれど、日本のお弁当もやっぱりうれしい。

9.13 mer

念願の『カイ』に行く！

担当編集さんのホテルのお部屋で、またまたカフェ・オ・レを飲みながら、インタビューを受ける。終了後、シャルル・エドワードも誘って3人で日本料理の『カイ』へ。オープンしてから、行こう行こうと思っていたのになかなか行けず、今夜ようやく実現。この場所はフランス人にも日本人にも有名。日本人にとっては以前、別の日本料理屋さんがそこにあったため、そしてフランス人にとっては『カイ』の上にある探偵社が、よく知られているため。その探偵社は古くからある上に、何と『〇〇探偵社』と会社に自分の名前が付いています！　名前を大っぴらに明かして、それで探偵ができるの？ということで有名らしい。さらに、看板が目立つ。

久し振りに『カイ』のオーナーの北田さんに会う。小さいお店だけれども、モダンでありながら日本的な内装でとっても素敵。器や盛り付けも繊細で美しいし、もちろんお料理も美味。フランス人のお客さまも多い。

フランス人のお友達を連れて来たら喜ぶと思うけれども、いつもの調子でワインではなく日本酒を飲んで食べたら…高くつくだろうなあ。

9.15 ven

出生率増加は出産費用の負担が少ないせい!?

婦人科のドクター・リボジャとのランデヴ《約束》。シャルル・エドワードも一緒に来てくれる。受けなければならないいくつかの検査についての説明を一緒に聞いてもらいたかったから。その後は近所のラボ（ラボラトワ＝研究所のこと。いろいろな検査の分析室）へ血液検査に。家に戻ってから大急ぎでセキュリティ・ソーシャル（社会保障）の手続きのために、妊婦であるという申請書を書いて送る。妊娠3カ月までに送らなければならないから、ぎりぎり。3カ月までに送らないと妊娠、出産に関わる支払いが100％還付されなくなってしまうらしい。

出産の場合、フランスでは国の制度で極力お金がかからない。これはとても大きいこと。毎月の検診やエコグラフィー（超音波診断）、その他に妊娠、出産のために必要な検査にかかる費用ってすごいもの。それにしても私の周りには妊婦が多い。夜、遊びに来た友人のエリックとアニエスのカップルも、アニエスが来年の4月に出産予定とのこと。今、2人が住んでいるカナダのバンクーバーで産むようだ。

アニエスは1人目だけれども、今、私の周りの他の人達は3人目ラッシュ。フランスの出生率が高くなってきていて、さらに上がっているのが実感としてわかる。街中でもべべ《赤ちゃん》をたくさん見かけるし、ベビーカーを押している人や妊婦さんも多い。日本はどうしたら出生率が上がるのかしら？

9.16 sam

ナツエ、初めて『カフェ・コンスタン』に行く！

初めてナツエを『カフェ・コンスタン』に連れて行く。昨日、9月15日は私達の結婚記念日。昨日は何もしなかったから今日は、と思っていたので、3人でレストランに行くことに。シャルル・エドワードは『ル・サンク』とか『ホテル ブリストル』等のレストランに2人で行くのもいいんじゃないか、と提案してくれたけれ

カフェ・コンスタン
[Café Constant]

フランス人シェフ、クリスチャン・コンスタンが自分も気軽に行けるお店を…ということでオープン。本当に街中の人が集まるようなCaféだけれども、お料理がとても美味しい。
住：139, rue Saint-Dominique 75007 Paris
営：PM0:00〜PM2:30／PM7:00〜PM10:30
休：日曜　TEL：01 47 53 73 34

ど、最終的にはナツエも一緒に、私達の大好きなお店に行くことに決定‼

3人で赤を基調にした服でお出かけ。お店の前でタクシーを降りると、日本人の女性がいて、挨拶をして下さるので、シャルル・エドワードの知り合いかな？と思っていたら、何と、私のファンの女性だった。

私が、土曜日のランチはよくここに来る、と、『ソロモン流』（テレビ東京）で話していたから、もしかしたら会えるかも…と思って、レストランで食事をしながら待っていて下さったのだそう。朝には私達がよく行くマルシェ《市場》にも行って来たんですって…。今日はもう来ないかなと思って、あきらめてお店を出てきたら、私達が到着。一緒に写真を撮る。あわてて仕度をしてきたから、あまりちゃんとしていなかったので恥ずかしい。その後、ナツエをお店の人たちに紹介してランチをする。

帰りはお天気がいいから、ゆっくりと散歩をしながら我が家へ。30〜40分は歩いたかな。ナツエもよく歩いたと改めて驚く。

9.17 dim　父と息子、母と娘のおしゃべり…

パパチャンがパリにいるというので『ラ・ガール（フランス語で「駅」という意

味）』でランチ。ランチの後は近くの公園へ。ナツエがすべり台や砂場で遊んでいる間、パパチャンとシャルル・エドワードはベンチで何やらお仕事の話。積もる話があるのだろう。私も東京に行くと、忙しくてお互いに疲れているし寝不足なのに、ママ（母）とついついおしゃべりをしてしまう。居間でおしゃべりしていると、おばあちゃま（祖母）が心配して、「もう2人とも早く寝なさい!!」と言いに来る。すると私達が「おばあちゃまこそ、早く寝てちょうだい!!」とやり返す。

早く寝た方がいいのはわかっているけれども…。特に私は日本語に飢えているみたいで、自分でも気が付かないうちに、息付く暇もないくらいの勢いで話しているらしい。ママが相手ならいいけれど、他の人の時には気を付けなければ…。

お天気の良い日曜日、公園でこうしてのんびりできるのはうれしい。ナツエは相変わらず、すごいエネルギーで、元気に走り回っていた。

9.21 jeu

義母から譲られた35年前のコート

朝7時半から自宅のキッチンでヘアメイク開始。ナツエも幼稚園の準備があるからすでに起きていて、私の膝に乗ってヘアメイクの様子を見ている。女の子ってみ

ラ・ガール
［LA GARE］

日曜日のランチ時にはアニメトリスという子ども達の相手をしてくれる人がいるので、ランチの後、子ども達はテーブルを離れて遊んでいます。顔にペインティングをしたり、絵を描いたり、人形劇を見たり…。
住：19, chaussee de la Muette 75016 Paris
営：PM0:00～PM3:00／PM7:00～PM11:30（ただし日曜、月曜は夜はPM7:00～PM10:30）
休：年中無休　TEL：01 42 15 15 31

んなそうなのかしら？ 洗面所の私のクリーム類とかメイク道具とかを、見たりさわったりするのが大好きなのよね。私がコットンにローションを付けてパッティングしていると、同じことをしたがるし…。

今日は雑誌『ヴァンサンカン』の撮影。かなり早いのだけれど、出産のお祝いにと、ママチャンからいただいたゲパールのコートを着て、『バカラ美術館』で撮影。このゲパールのコートはシャルル・エドワードが生まれた時にパパチャンがママチャンにプレゼントした物だから、35年前の物。ただ70年代に入って盛んになった動物保護運動で、ファー反対の声が高まり、しかもプレゼントされた直後に、ゲパールは捕獲禁止になったとかで、ママチャンは1、2回しか着られなかったそう。長さは膝丈で細身のコート。ボタンを留めると、かなり体にピッタリ。一見、ヒョウ柄に見えますが…。

もう7、8年前にママチャンのクローゼットを見せてもらった時に「何て素敵なの!!」と思っていたコートだったから、とてもうれしかった。大切に大切に着よう。この冬は着られないかもしれないけれども…。

それにしても、撮影中、誰も私が妊婦だとは気付かなかったみたい。

これが、ママチャンから譲られた迫力のゲパールのコート。

9.23 sam　これぞ大人の再婚

シャルル・エドワードと『カフェ・コンスタン』でランチをした後、左岸のデパート『ボン・マルシェ』、『ザ・コンランショップ』、『BHV』（日本でいうと、『東急ハンズ』のような所。おしゃれ度はかなり下になってしまうけれども、日曜大工の用品等も揃っていて便利）へ行く。

キッチンのガス台と流しの上のライトを替えたいので、照明のコーナーと、少しキッチン用品を見る。ついつい細かいキッチン用品もいろいろと買い込んでしまう。ライトもいい物が見つかってうれしい。早速、来週には取り付けの人が来てくれるとのこと。

夜は友人のアルノーとエレーヌ宅でディナー。ようやく2人が結婚することになり、その立会人がシャルル・エドワードとアシル。来年の6月30日に式を予定しているそう。2人が出会った時、エレーヌはまだ前のご主人と一緒で、2人の子どもがいて…。離婚後、アルノーとエレーヌ、そしてエレーヌの2人の子ども達が一緒に住み始めてもう7年。まだ幼稚園に行っていた子ども達も、もう14歳と12歳。

アルノーとエレーヌが本当にお互いを必要とし、愛し合っているのがよくわかる。

今でもよく覚えているのが、アルノーはエレーヌの存在を長いこと誰にも話さず、いつもどこに行くにも1人だったし、親友のシャルル・エドワードでさえも、もしかしたらアルノーは女性に興味がないのかも…と心配していたほど。だから、エレーヌを紹介された時、彼はとても喜んでいたのよね。

今夜はワインコレクターのアルノーのセレクションに合わせたエレーヌのお料理だった。

9.25 lun

〝ギフト〟のためのベビー用品ショップ

ベビー用品ショップの『オヴァル』に、弟の息子や友達のべべ《赤ちゃん》の出産祝いのオーダーに行く。『オヴァル』のコンセプトは〝出産用のギフト〟だから、お店にあるベビー服は1歳まで。色はナチュラルなベージュや白等で、素材もコットン、麻、カシミヤ等々。とても肌触りがいいし、デザインもシンプルで素敵。でも、2歳半のナツエには、もう着せられない…。

でも不思議だなあ。ちょっとお値段のはる物を、人にはプレゼントできるのに、自分の子どものためにはなかなか買えないのよね。そんなものかしら？

これは『オヴァル』のものではないけれど…。名前入りの小さくてかわいらしい子ども用のバスローブ。出産のお祝いにも喜ばれます。

オヴァル
［Ovale］

じつは知人の経営するお店。デザイナーはジャン・フランコ・フェレの元アシスタントデザイナーのジル・ヌヴーという男性。ベビー用品全般を扱っています。
住：200, boulevard Saint Germain 75007 Paris
営：AM10:30〜PM7:00　休：日曜
TEL：01 53 63 31 11

9.26 mar キッチンをちょっとだけイメージチェンジ

塗装屋さんのディミトリーの所のスタッフ2人がキッチンのライトの取り付けに来てくれる。

前に付いていたライトを取り外して、新しい物を取り付けても、前のライトの穴や跡を隠せないので、私達のキッチンのテーマカラーである赤を、ペインティングをして隠したらどうか？ と提案してくれる。

思っていたより時間がかかり、今日は他には何もできなかった。

9.29 ven ママンはお腹が痛いの…

つわりではないけれども、ここ数日、ちょっと体調がすぐれず。ナツエの時に比べると、お腹が大きくなるスピードが速い気がする。お腹の皮がのびやすくなっているのかしら？ 妊娠は病気ではないというけれども、やはり、無理をしてしまうと、自分だけでなくベベ《赤ちゃん》にも影響してしまうので、心配。家でのんびりしていたら、体調が良くなったので安心する。

幼稚園の先生達も私が妊婦であることにまったく気付いていなかったようで、報告すると、「あー、今わかったわ。ナツエがいつも、『ママンはお腹が痛いの』と言っていたから、どこか悪いのかと思っていたけど、そういうことだったのね」と。

そうかあ、ナツエは幼稚園で私の話をしていたのかと妙にうれしくなってしまう。

ナツエ、大好きよ!!

9.30 sam

マルシェは我が家の冷蔵庫

家族3人でマルシェ《市場》へ。本当に、このマルシェに行くようになって、食生活が完全に変わった。

パリに住むようになってからの食生活の変遷は、かなり大きい。まだシャルル・エドワードと2人だけの頃は、周りもまだ結婚していなかったし、子どももいなかったから、外食が多かった。それも、前もって約束しているディナーだけでなく、急に思い立って出かけることも多かったし…。お友達の家でのディナーだけでなく、レストランへ2人で出かけることも多かったなあ。

ナツエが生まれてからは、家で食事をすることが増えて、離乳食が始まってからは、食材も豊富になった。果物や野菜は常備していたし…。

そして、このアパルトマンに引っ越して、キッチンがとても大きく快適になり、週に2回開かれる近所のマルシェにはいいお店が揃っていて、食生活がとても豊かになった。『ジョエル』の野菜屋さんは、彼らがパリの郊外で作っている旬の野菜しか置いていないし、お肉屋さんも質のいいお肉がある。フロマージュ（チーズ）もジャンボン（生ハム）も果物も…とにかくすべてが美味しい。

料理をするのも楽しいし（特にシャルル・エドワードが張り切っていて、メキメキ腕を上げている）、マルシェに行くのも楽しい。『ジョエル』の野菜を蒸して、美味しいオイルをかけていただくだけでも幸せ!!

ディスプレイがとってもおしゃれなパリのマルシェ。我が家の食卓にはなくてはならない存在。

10.1 dim　パリコレ開始！

もう10月。パリコレのために全世界から人が集まって来ている。この時期は展示会や新しいショップのオープニングやカクテルパーティ等、イベントもたくさん。今日は、パリコレのためにいらした知人2人と、我が家の3人の合計5人で、『ラ・ガール』でランチ。2人はナツエをとてもかわいがって下さっていて、ナツエもそのことをよく知っているので、テンションが高くなっている。ランチの後はお2人にもお付き合いいただいてマリオネットへ。

ナツエはマリオネットに行きたがるのに、いざ人形劇が始まると怖がってしまう。お天気が良くて気持ちがいいので、シャルル・エドワードは後ろの方のベンチに引っくり返って日なたぼっこ。知人達も時差ボケのせいで眠そう。私は何となく体がだるい。風邪をひいていたらどうしよう…気を付けなければ。

10.3 mar　2人だけのディナーは『サヴィ』で

ナツエの健診。まったく問題なし。ナツエも慣れたもので自分から服を脱ぎ始めて診察台へ…。先生に「ムッシュー、ムッシュー」と話しかけている。2人のやりとりがやたらおかしい。

午後6時半から『アザロ』のプレゼンタスィオン（発表会）に行く。鼻がグスグスしていて頭や体がだるかったけれども、少人数のお客さまへのプレゼンタスィオンということで、頑張って出かける。シャンパンやジュース等が用意されていて、サロンでソファに腰かけながら、コレクションを見る。プリーツのブラウスやカクテルドレスがとても美しかった。

終わって外に出たのが午後8時過ぎ。ベビーシッターをお願いしていたし、まだ時間があったので、シャルル・エドワードと久し振りに2人で食事をしに行くことに。ナツエが生まれてから夜、外に出るのは、人の家でのディナーか、他の人達も交えてのレストランでのディナーぐらいで、2人だけでディナーをするために外出することはなかったから。大好きな『サヴィ』に行く。

予約をしていなかったけれども、すぐに席に案内してくれる。ここはいろいろな人達にすすめているけど、みんな喜んでくれる。

お肉が美味で、そこに付いてくるフライドポテトは、細くてカリカリしていて絶品!!

サヴィ
[Savy]

とにかくお肉料理が美味しい店。もちろんジビエでも有名。オリジナルの細くて薄いポテトフライも人気です。
住：23, rue Bayard 75008 Paris
営：AM 7:30〜PM11:00
休：土曜・日曜・祝日
TEL：01 47 23 46 98

10.4 mer 『ロエベ』のショーに目がキラキラ

まだ体調が何となくおかしいので、のんびりしている。夕方には『ロエベ』のコレクションへ。場所はトロカデロ広場にある『ミュゼ・ド・ロム（人類博物館）』。美術館の中でのショーなのよね。近いのでシャルル・エドワードと歩いて行く。

もちろん、私はスニーカー。最初の妊娠中は（フランスの計算で）7～8カ月くらいまで高いヒールを履いていたのに、今回は8月からほとんどスニーカーやヒールの低い靴ばかり…。ナツエと一緒の時は当然のこと、1人で、または彼と出かける時にもペタンコ靴になってしまった。

前回よりも、お腹が出て来るのが早く、体も急ピッチで重くなって来ているような気がする。足も太くなったり、むくんだりして来ているのかしら？

『ロエベ』は大好きなブランド。革の質がとても良く、仕立ても良いこと、そして私にとってはモード過ぎず、バランスが程良く、長く着られるものばかり。私の『ロエベ』コレクションはかなりのものだと自負しているのだけれど…。

ショーの間もずっと目がキラキラしてしまった。色合いやデザインも美しい。でも、とにかく丈が短い。ショーでは短くても、店頭に並ぶ時にはもう少し長くなっているわよね？ そうでなければとても着られない。

それにしてもモデルさん達は何て細いのかしら？ 個人的には、もう少しグラマラスなモデルさんの方が好きだわ。

10月のパリは、コレクションシーズン。モデルさん達が颯爽と着こなす新作で今年の香りをいち早く知って…。下の写真は『アザロ』のデザイナーのヴァネッサと。

子ども服のコレクションもかわいい！

体のだるさがなかなかとれないので、シャルル・エドワードがナツエを連れて『ラ・ガール』へランチに行ってくれる。今日は友人のパトリス・ファミリーと一緒。2人がいない間にゆっくりお風呂に入って、また少し横になる。

『セー・ドゥ・セー』という子ども服のメゾンのコレクションがあるので、マドレーヌ広場にある会場の『エディアール』のお店の近くで、午後3時半にナツエ達と待ち合わせ。ナツエはほっぺたを真っ赤にして来る。『ラ・ガール』で顔にペイント（21ページ）をしてもらったのを、無理にシャルル・エドワードがティッシュで落としたらしい。落とし切れずに真っ赤っ赤に。

『セー・ドゥ・セー』は子どものいるママが、自分の子ども達に着せたい服をデザインしたという感じ。デザイナーが友達の友達だったので足を運ぶ。会場である『エディアール』の中にはたくさんおやつが用意されていて、お姫さまの格好をした女性がいて、ショーのあとには手品をしたり、子ども達と遊んでくれたり。当然みんな子ども連れで来ていたので、子ども達は大喜び。

コレクションのあとには引っ越したばかりの友人のアシルのお家へ。クリステル

たくさんのおやつ、風船の飾り付け、お姫さまに扮した女性は、大人のコレクションでは見られない風景。

のお腹はさらに大きくなっていて、予定日は今月末。男の子ですって。ちょうどティエリーとバルバラが2カ月の女の子を連れて来ていて、ナツエは一所懸命あやしている。

パリコレやサロンでタクシーが出払ってしまっているのか、まったくつかまらず、ティエリー達の車に何とか乗り込んで、家まで送ってもらう。本当にパリはタクシーがなくて困ることが多い。

10.10 mar

若手デザイナーブランド、『レクイエム』のコレクション

ナツエの時に比べて今回は体がとても疲れやすいとドクター・リボジャに言うと、「お腹が大きい上に、2歳半の子どもがいるのだから当然よ」と。時間がある時にはとにかく体を休めること、と言われる。

夕方に『レクイエム』（フランスの若手デザイナー2人のブランド）のショールームへ。シャルル・エドワードが『レクイエム』のカクテルパーティに行って「とっても素敵だったよ。生地や仕立ても良いし、絶対に見に行くべき！」と言うので、楽しみにしていたけど、本当に素敵なコレクションだった。思わずたくさんオーダ

ーをしてしまう。シャルル・エドワードととりあえずオーダーをして、家に戻って少し落ち着いて考えて、再度返事をすることに。

ショールームの入っているアパルトマンは元娼館だったそう。ショールーム自体は、壁の色が濃いグレーに塗られていてモダンな感じ。

私達が行った時に、アメリカの大手デパートのバイヤーやフランスのファッションジャーナリストがいたりして…。このブランドのマーケティング担当のカミーユいわく、日本にも進出したいとのこと。すでに興味を持ってくれている日本のセレクトショップもあるようで、上手くいってほしいなあと思う。ただ、カクテルドレスが多いから、日本だと着る機会が少ないため、どんなに美しくても、購入する人はそう多くないかもしれない。

10.13 ven

東京に着いて、まずすること…その①

午前7時、成田着。まだお腹がそんなに出ているわけではないのに、機内では何となく苦しくて寝られず。でも、キャビンアテンダントの日本人女性達が、私が妊婦であると知っていて何かと気遣ってくれて、とても心強かった。

家にスーツケースを置いて、お茶を飲んでからすぐにネイルサロンの『リ・ボーン』（171ページ）へ。

東京に着いて、すぐに行くのがまずここ。パリではネイルサロンには行かないし、マニキュアを塗ることもないから、東京での仕事の前にまずお手入れ。パリに『リ・ボーン』と同じくらいのレベルのサロンがあれば行くけれども、値段のわりに満足度があまりに低いので、自分で手入れをしている。といっても、ツメを整えるくらいかしら。今回も仕事があるので、色はナチュラルカラーに。

その後、高橋ミカさんの『ミッシィボーテ』（171ページ）へ。とにかく体中が硬くなってしまっているので、もみほぐしてもらう。マッサージをしてもらっている間、大爆睡。でも、これで体も軽くなり、血行も良くなって、東京でのハードスケジュールも乗り切れる。ミカさんのようなマッサージをしてくれる人をパリではまだ見付けられないので、パリではマッサージもしない。東京だけの楽しみ…。

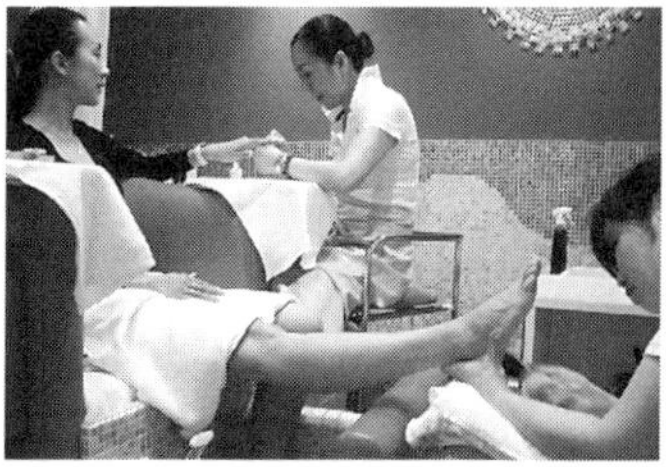

10.14 sam

東京に着いて、まずすること…その②

やはり眠れずに、明け方近くまで実家の私の部屋の中に積み上げられていた郵便物の整理。ダイレクトメールの何と多いこと。パリでは我が家にはまったくダイレクトメールが届かないからよけいにそう思う。

お昼過ぎに美容院の『フクルル』（170ページ）へ。ヘアカットも日本に来る時の楽しみ。パリでも何回か美容院に行ったけれども、シャンプーは気持ち良くないし、去年の秋に大失敗をして以来、パリでは行かないことにしている。『フクルル』の矢野さんとも、考えてみると、13、14年のお付き合い。『リ・ボーン』の小林さんや高橋ミカさんもそうだし…。良い人達に出会えているということなのよね。

髪も切ってすっきりした後、『キャピトル東急ホテル』で打ち合わせ。ここは11月末には閉めてしまうという。キャピトルのコーヒーハウス『オリガミ』は大好きでよく来ていたから、とてもさみしい。好きな場所がどんどんなくなっていってしまう…。

打ち合わせ後、大急ぎで代官山の焼肉屋さん『叙々苑』へ!! ここも東京に来たらかならず行く所。ファミリーでのディナーの場所。

今回の滞在中、たぶんこの1回しか一緒に食事ができないだろうからと、みんな大集合。シャルル・エドワードが1人で仕事で東京に来ていても、かならず私のファミリーとここでディナーをしているくらいで、彼が言うように、ここは〝家族のレストラン〟なんだろう。よく食べた…。

10.16 lun
シンデレラタイムから始まるヘアメイク⁉

『グラスオール』（私がアドヴァイザー兼メッセンジャーを務めている化粧品）のお仕事の衣装のフィッティング。その後に打ち合わせ。打ち合わせを終えたら、そのまま千葉の幕張のホテルへ。

『グラスオール』の紹介のために出演する番組の時間帯や、雑誌等によって、服の色合いや組み合わせを考える。ホテルの部屋でルームサービスで簡単に食事をしてから、原稿を書いたり。でもこれから本番なので少し体も休める。午前2時からの生放送だから、深夜0時にヘアの横田さんとメイクの華さんが部屋に来てくれる。

10.18 mer
美意識が高い日本の女性達

朝から『グラスオール』の会社『プライヴ』のオフィスでミーティングや雑誌の取材を受ける。『グラスオール』の化粧品について語るのは楽しい。自分が好きで気に入って使っている物だし、本当に肌質が良くなったという実感があるから人にもすすめたくなる。とはいえ化粧品だから、私に合う物が他の人にも合うとはかぎらないし…。

この仕事を始めて、改めて女性の美意識ってすごいと実感する。でも、みんな顔のケアはすごくするのにボディはそうでもないと聞いてビックリ！ 私はお風呂のあと、ちゃんと全身くまなくボディクリームを付けないと気分が良くないくらいなのに…。ボディのケアも大切にしてほしいなあ。

『プライヴ』での仕事の後、『ホテル西洋 銀座』で雑誌『グレース』と『徹子の部屋』（テレビ朝日系列）の打ち合わせ。

やっぱり『ホテル西洋 銀座』、大好き。ついつい長居をしたくなる。居心地がいい。だから、打ち合わせはついつい『ホテル西洋 銀座』で、ということに。今日も一体何杯ロイヤルミルクティーを飲んだだろう。

10.21 sam

今日は1日銀座散歩

今日は『プライヴ』のお仕事はお休み。明日に備えて休養…とのこと。ママ（母）

と知人とで数寄屋橋のお寿司屋さん『すきやばし次郎』さんへ。

まあ、本当に二郎さんの手は美しいと思う。二郎さんの握ったお寿司はフワッとしていて、目の前に置かれるとお米がシュッと落ち着く感じ…。『次郎』さんに来るのはいつ以来かしら？　少なくとも、もう半年以上は来ていなかったような…。あー幸せだった。お寿司をいただく前に打ち合わせがあったから、お腹が空いていて、ものすごい勢いでいただいてしまう。でも、ママには負けた。ママは元気だなあ。

近くだったので、食事の後で『HOUSE OF SHISEIDO』へ「女たちの銀座展」を見に行く。銀座で仕事をする女性たちを写真家の稲越功一さんが撮影したもの。なぜかママもその1人だったので、飾られている写真を見に行き、恥ずかしげもなく写真パネルの前でママと2人、記念撮影。

とーっても久し振りに銀座の街を歩く。気持ちいい。

10.25 mer　2人で話し合って決めたこと

今日から約1カ月、シャルル・エドワードが仕事でアメリカからアジアを回るため、パリにいないのは正直さみしい。

私が日本を発って今日シャルル・ドゴール空港に着いた時に、彼もちょうど出発のために空港にいて、何度も電話をくれていたのに。私が電源を入れたのは入国審査を過ぎてから。今度は私がシャルル・エドワードの携帯に何度か電話を入れたけれども、ちょっとの差で機内に入ってしまっていたみたい。

今度、彼がパリに戻って来る時には、私が入れ違いでふたたび日本へ。1カ月半から2カ月近く会えないことになるのよね。シャルル・エドワードは今はアジアでの仕事が多く、私は日本での仕事が多い。ナツエのことを考えると、私達の仕事の度に毎回一緒にパリを離れるのは賢い選択ではないし、もちろんエア代も大変。

彼と話し合って、少なくとも家族みんなで年に2回は日本へ行こう!! それ以外の時は私達2人がスケジュールを調整して、人に預けるのではなく、かならずどちらかがナツエと一緒にパリにいられるようにしよう!! と決めたけれど…。

その結果、今回シャルル・エドワードと私は会えないことになった。でも、こんな状況は最初で最後にしたい!! 彼もあまりにも出張が多過ぎるから…。これからは絶対に減らすべき! 体調を崩してしまうと思う。

10.27 ven　早目にベッドに入る夜

10月中旬の『レクイエム』のオーダーの最終確認。やっぱり、黄色のスカートは注文しないことにする。とっても華やかできれいだけれども、たぶん着ないだろうから。それ以外のものはオーダー。半額分を入金する。来年の2月には届くらしい。その頃はまだお腹が大きいから、すぐには着られないけれども、楽しみに待っていよう。

東京でのハードスケジュールに加え、やっぱり飛行機の移動で疲れたみたい。今夜はナツエを寝かせたら、私も早目にベッドに入ろう。

10.28 sam　マルシェで、パークで、ナツエのパワー全開

ナツエとマルシェ《市場》へ。やっぱり土曜日は混んでいて、お店によっては長ーい列ができているから、小さい子どもを連れていると、大変。食材の量はシャルル・エドワードがいないし、家でのディナーもないので、いつもに比べるとかなり少なめ。シャキュトゥリー《豚肉販売店》で、ナツエはまたジャンボン（生ハム）をいただき、大喜びで

食べている。果物屋さんではフランボワーズを1箱いただき、あっという間に全部食べてしまう。まったく…。マルシェですでにお昼をすませてしまっている感じ。

でも、ナツエがボンボン（アメ）も好きだけれども、それよりもジャンボンや果物やヨーグルトの方が好き!! というのはうれしい。チョコレート等が付いているクッキーはチョコレートをとって食べているし、甘い物はあまり好きではないみたい。

午後はパークへ。追いかけっこをする。しかし、ナツエのこのエネルギーはどこから来るのだろう。

10.31 mar

じつは私は出不精です…!

シャルル・エドワードがいないと、何て静かなんだろう。電話も鳴らないし、仕事の人も当然訪ねてこない。夜もナツエが寝てしまうと、私のやることはキッチンの後片付けや原稿を書くことくらい。

そばに家族も友達もいないと、毎日がこんなに静かなのかと驚いてしまう。シャルル・エドワードの友人達（男性）が時々心配して電話をくれる。別に外出をした

いと思わないし、こうして娘のことにだけ関わっているというのが、何とも穏やかで幸せ。つくづく出不精だなあと思う。そうは見えないらしいけれど…。

今日、日本円をユーロに換金に行く。メチャクチャユーロが高くて、とっても損した気分。いったい、いつになったら安くなるんだろう。1ユーロ＝135円になった時に高いと思ってしばらく換金をやめて、もう少し待てば安くなるからその時に、なんて思っていたら、とんでもない!! どんどん上がってきてしまった。

こんなことなら135円の時に換えておけばよかった。今、私にとっては物価は数年前の3〜4割高。

11.1 mer

日仏カップルの子育て、大きな課題って…

今日はトゥーサン（カトリック諸聖人の祝日。万聖節）の祭日。フランスはキリスト教にまつわる祭日が多い。寒いので、朝からナツエとお絵描きをしたり、歌を歌ったり。

娘は日本語の歌は好きでよく歌うし、上手に発音もできるけれども、会話はどんなに私が日本語で話しても、フランス語で返事をしてくる。特に幼稚園に通うようになってからはフランス語の単語量が日々増えて来ていて、なかなか日本語が出てこない。せっかく夏の間に日本語が上達したのに…。

日仏カップルの先輩達いわく「心を鬼にして日本語教育に臨まなければいけない」みたい。日本語で話しかけて、フランス語で返事をしてきたら、日本語で返事するまで何もしないとか。ある女性は「ママなんて大キライ!!」と小さい時に何度も言われたそうだが、お嬢さんが大きくなってからは「ママのおかげよ」と感謝されているとか。この方のお嬢さんはきちんと日本語が話せて読み書きもできるんですって。

できればナツエには日本語の本も読んでもらいたいし、何よりも私のファミリーとは日本語で会話をしてもらいたい。でも怒る時など、私もついついフランス語になってしまうのよね。

2つのハッピーバースデー

ナツエのお友達のビクトリアのバースデーパーティへ。お友達のバースデーパーティに行くのはナツエも私も初めてだったから、フランスではどんなふうにやるのか楽しみだった。カミーユとセドリックのアパルトマンはエレベーターがなくて階段も狭く、また各フロアに1世帯ずつだから事前に了解を得たようで、階段の手すりに風船がたくさん結ばれていた。ナツエはアパルトマンの入り口に入るなり大喜び。子どもは総勢8人くらい。

日曜日ということもあって、親達も別の部屋でお茶やアルコールを楽しんでいる。カミーユ達の方針でキャンディーやチョコレート等のお菓子はまったくなく、ジュースやミニクロワッサンやパン・オ・ショコラがテーブルに。ケーキのろうそくをハッピーバースデーの歌とともに吹き消したあとでプレゼントをオープン。

ナツエが持っていった日本の童謡が入っている音の出る本は大受けで、他の子ど

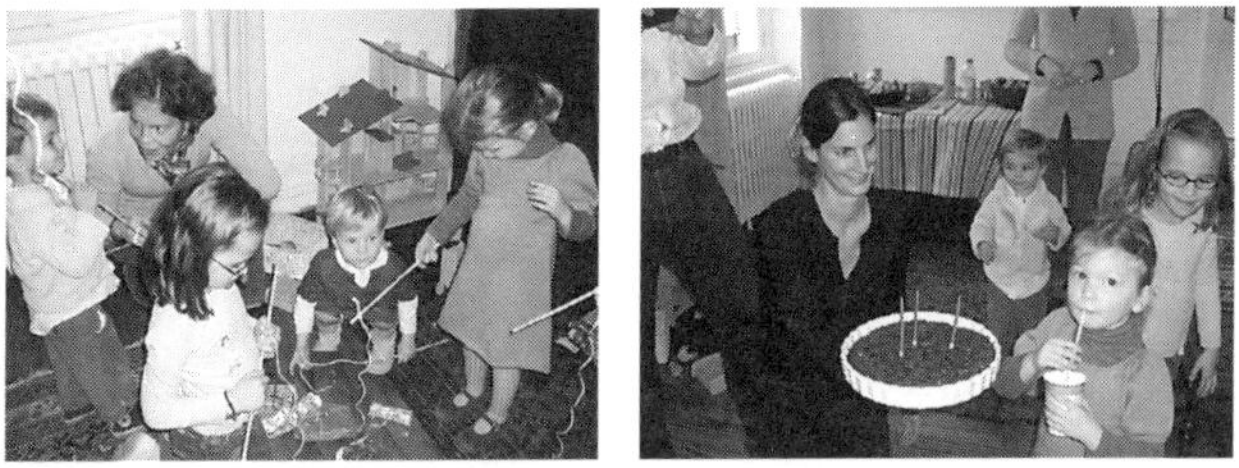

ママのカミーユの、楽しい工夫がちりばめられたバースデーパーティ。子ども達も夢中！

も達も欲しがって大変だった。こういう本、フランスにはないのよねぇ。やはり日本はすごい!! 何でもある!!

その後は、小さな包みを床にたくさん置いて、パーティに来てくれた子ども達へのお返しを、釣り堀のようにしてプレゼントする。カミーユが木の棒に糸と針を付けてさおを作ったみたい。うーん、これはとても良いアイデア!!

小さいプレゼントは子どもの頃に私もよく遊んだ、ストローのような物でプゥ〜ッとふくらませるプラスチック風船や、光る小さなおもちゃといった物。なるほど! という感じ。

今日はおばあちゃまのバースデーでもあったので、ナツエと一緒に電話。約束をしていたのに、いざとなったらナツエは照れてしまって、電話口でハッピーバースデーの歌を歌うのを拒む。でも、おばあちゃまはナツエとおしゃべりできて喜んでくれる。

おばあちゃまは88歳。まだまだ私達のそばにいてほしいから、本当に体調にだけは気を付けてほしい。ちょっとしたことで転んだりするから。6月に転んで以来、さらに注意が必要になってしまったし。離れていると何もできなくてもどかしい。そしてよけいに心配になる。

11.7 mar　赤ちゃんは男の子⁉

ルドルフの所へエコグラフィー（超音波）の検査へ。今回は処方箋に従っての検査だから、かなり細かい数字が出てきた。本当にすごいと思う。お腹の中の映像を取り込んで画面上で線を引くと、べべ《赤ちゃん》の身長等がわかるなんて…。

エコグラフィーの検査の後にルドルフと3D検査（超音波による診断で、胎児が立体的に映る）!!　これは楽しみのための検査。でも今回もべべは顔を隠してしまっていて見られない。体の向きを変えたりして、お腹の位置を動かして撮ってみても、ほんの瞬間横顔が見えるくらい。鼻が高いと思う。それから手足の動きがナツエの時と違う。男の子じゃないかしら。来月はシャルル・エドワードと一緒に見られるといいのだけれども…。

11.8 mer　久し振りの1人ごはんはベトナム料理

ゆりちゃん（妹）のバースデー。「おめでとう」の電話をする。私のファミリーは6人中4人（祖母、亡くなった父、母、妹）が11月生まれだから、きっと、この週末にでもみんなで集まって、11月生まれの人達のお祝いのお食事会でもするんじゃないかな? 私は今日は無性にベトナム料理が食べたくなって、近くのお店へ。豚肉のキャラメルソース煮とバナナの皮に包まれたおこわをオーダー。前菜はもちろん、ネム(揚げ春巻)。付け合わせのミントや葉は生だから妊娠中は食べてはいけないので、あらかじめはずしてもらう。

こんなふうに1人でお店で食事をするのは久し振り。もう何年もこんなことってなかったと思う。チェックしなければならない仕事の原稿や資料を持って行ったけれども、照明が暗くてとても読める状況ではなく、あきらめて食べることに専念。

ブルーのフワッとしたファーのベストを着ていたので、お店の人達も私が妊婦だとわからなかったみたいで、帰りがけに報告したらとーっても驚かれた。娘の時に比べるとお腹はずいぶんと大きい気がするのだけれど…。

11.13 lun

『徹子の部屋』のロケ打ち合わせ

午後に『徹子の部屋』のスタッフの方々が自宅にいらして、今週土曜日のロケについての打ち合わせをする。キッチンの中ではどこに照明を立てるかとか、細かいところまで決める。

黒柳徹子さんが今年のフランスの観光大使に任命され、アルザス地方にロケに行かれる前にパリに立ち寄るという。徹子さんが、パリの私の自宅にお邪魔したいと言って下さったそうで、実現した今回の企画。残念ながら、メディアに公開しているのは、玄関とキッチンのみだけれど、どんなロケになるのか今から楽しみ!!

11.15 mer　クリーニング屋さんの仕事に脱帽!

やっぱり、私達のアパルトマンの近くのプレッシング《クリーニング店》はすごい!! プロの仕事をしているなあ。今日、セーターをピックアップに行ったら、美しいドレスがたくさん並んでいた。みんな『シャネル』の古いオートクチュールですって!『モード美術館』に所蔵されている服もすべてここで定期的にクリーニングされているくらいだから、その仕事ぶりはお墨付き。かといって値段が高いわけでもない。私達の服はナツエの分も含めてすべてここにお願いをしているけれども、安心していられる。

そうだ、これから服の整理をしておこう。着られる物はかぎられているから、必要のない物はクローゼットの後ろにしまいましょう。

11.18 sam

我が家は割り勘カップルです！

黒柳徹子さんのパワーはすごかった!!

少し風邪気味でいらしたようだけれども、あのエネルギーは素晴らしい!!

ロケは朝9時開始。私がSmart（2人乗りの小さな車・愛車）で徹子さんをホテル『プラザアテネ』にお迎えに行くところから始まり、大好きなマルシェ《市場》をご案内し、自宅のキッチンで料理とおしゃべり。いたって簡単なピーマンの料理を「美味しい、美味しい」と言って、収録後に全部食べて下さって、うれしかった。やっぱりマルシェの野菜屋さん、『ジョエル』のお野菜は、野菜本来の味があって美味しいのよね。

キッチンでのおしゃべりは、その前から盛り上がっていた「割り勘カップル」について。私とシャルル・エドワードが生活費を割り勘にしているという話にかなりご興味を持たれたよう。確かに日本でのメディアでの報道は、私達に関して言えば、的外れなことが多く、彼はすごいお金持ちとも言われているようだけれども、そうではなく、だから2人で頑張っているのに…。

もちろん、彼の収入からすべての生活費を出してくれたら、それはきっとうれし

徹子さんから素晴らしいパワーをたくさんいただいた1日。笑いの絶えない撮影だった。

いだろうけれども、今は私も仕事をしているし、2人で出し合うことによってできることも増えるのだから、まあ、このままでもいいかな？　と思う。

カップル、夫婦とはいえ、お金のことに関しては隠しごとがなくクリアであることが一番大事なことではないかしら？

11.23 jeu

撮影→マッサージ→スーツケース引き取り

昨日、東京着。本日すぐに『グラスオール』（37ページ）のお仕事開始です。今日はいつもと違って竹芝からQVC（テレビ通販専門チャンネル）の生放送。またいつものメンバーで賑やかにホテルの1室で準備開始。この竹芝のホールにはずいぶん前、まだフジテレビにいた頃に司会のお仕事で来たことがあっただけ。懐しいなあ。

お仕事が終わった後、マッサージの『ミッシィボーテ』、ミカさんの所へ。当然もう腹ばいにはなれないので、上向きや横向きでマッサージしていただく。今日もメチャクチャ痛かったあ。やっぱり血行が悪くなっている上に、飛行機の影響でかなり足が張ってしまっていたよう。

『ジョエル』の野菜の話から、私と彼の経済に対する考え方の話まで話題は尽きない…。後ろに立っている人は照明さん!!

今回の滞在中にもう1度お願いできるといいなあ。しばらく来られないから…。

『グローブ・トロッター』のスーツケースの修理ができていたので引き取りに行く。また新しい色が出ていてビックリ！ 子ども用のスーツケースもあって欲しくなってしまった。でも、まだ試作品なんですって…。

11.25 sam

シャルル・エドワードの言葉に、私号泣する！

朝5時からヘアメイクスタート。しかも、たまたまこのホテルにはルームサービスがなく、当然売店も閉まっていて、目覚めに1杯何か温かい物が欲しいなあと思っていたら、スタイリストのとしえさんがおにぎりと、魔法びんに私の大好きな抹茶玄米茶を入れて持って来て下さる。

としえさんはもっと遅く来てくれていいのに、わざわざホテルに立ち寄って下さったの。おにぎりを作るために早起きするっていったって、家を朝4時半くらいに出て来たとしたら、いったい何時起きだったのだろう？ としえさんいわく、夜も遅かったので全然寝ていないとか。本当に温かい心遣い。

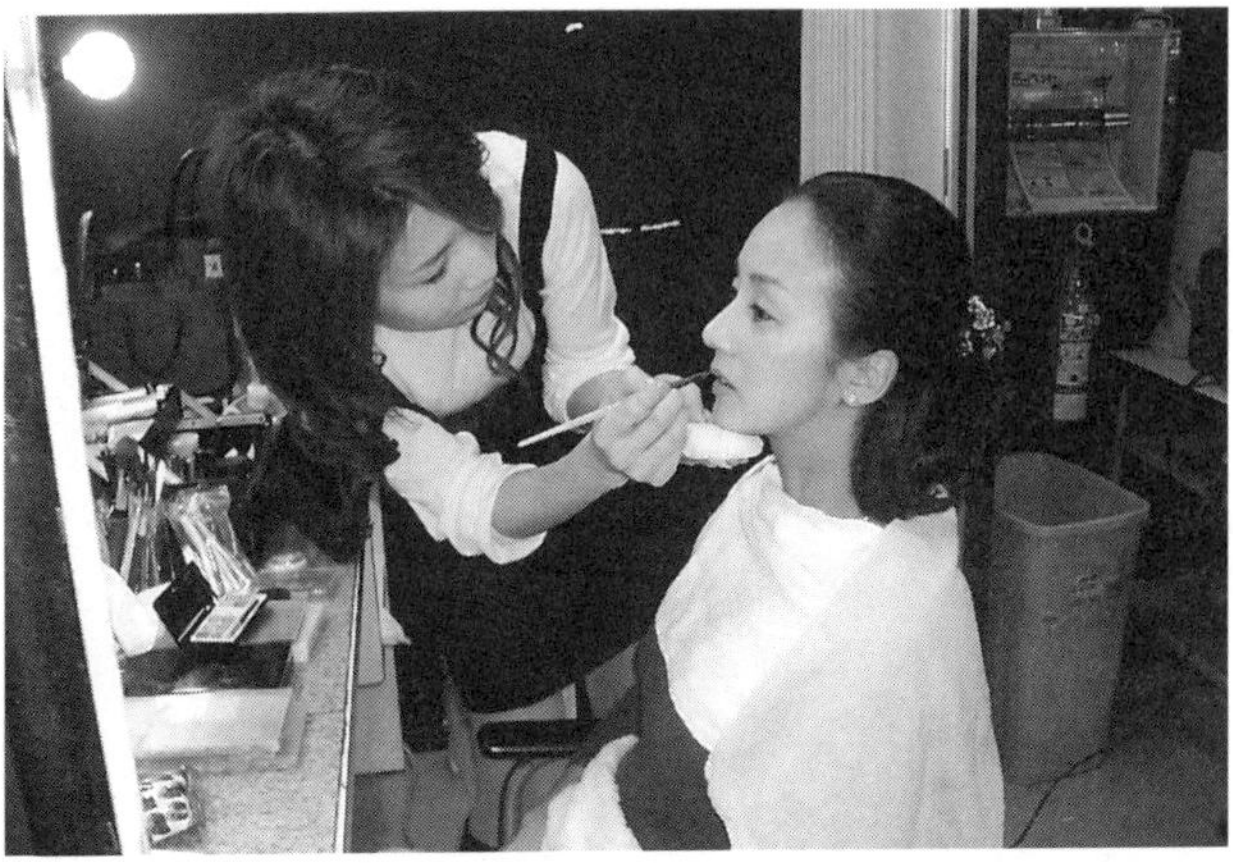

『グラスオール』のコマーシャルの撮影風景。

あまりにうれしかったので、ママに電話をして話すと、「そういう心遣いのできる人は幸せね」って。確かにそうよね。他の人のことを思いやるのって自分が満たされていないと難しいかも。私も周りの人達を思いやれる人になりたい。

今日は亡くなったパパ（父）のバースデー。おばあちゃまとママと夜、食事をしていたら、シャルル・エドワードから電話。

「僕とナツエはあなたのお父さんのことを考えています。今日は彼のバースデーだったから…」

私、号泣!!「ありがとう」としか言えなかった。

11.28 mar

パリ警察より世田谷警察!?

お仕事が終わってすぐに世田谷警察へ。一体、何かと思いますよね。じつは国際免許証の書き換えのためです。まだあと数カ月期限は残っているけれども、出産後に運転する時に期限切れだと困るので、今回の滞在中にちゃんとやっておかなければと、気になっていたことの1つ。

フランスの免許証に換えてしまえばいいのだけれども、逆に日本での運転のために、フランスの警察署に行って発行してもらう方が面倒くさい。とにかくフランスは事務手続きとかがスムーズに行かないことが多いから、国際免許証を手に入れるのに、イヤな思いをしそうな予感がする。ただフランスの免許証は、日本のように3年や5年で書き換える必要はなく、ずっと持っていられるのは便利。

今日は打ち合わせデーだった。警察署の後はノンストップでミーティング、ミーティング。大好きな『ホテル西洋 銀座』や『ホテルオークラ東京』での打ち合わせだったから、思う存分大好きなロイヤルミルクティーをいただけて…それだけでもHAPPYだわ。

11.30 jeu 長かった1カ月半の離ればなれ

シャルル・エドワードとの離ればなれの生活もあと数日で終わり。結局1カ月半顔を合わせなかったことになるのよね。長かった。明日は、私の実家でもある『十字屋』の催し「午後のサロン スペシャル」。ゲストの君島十和子さんにどんな話をしていただこう。聞きたいことはいろいろあるけれども。これから少し、簡単にメモを作って、あとは明日の会場のお客さまの様子を見て考えてみよう。

Column Vol.1

緊張感がいつまでも夫婦を磨き合う

シャルル・エドワードが一時期、東京に住んでいてショックを受けたことの1つが、日本ではカップルや、夫婦で出かける場が少ないということ。そして、夜、仕事が終わった後に会社の同僚と男同士、あるいは女同士で食事などに出かけること。

仕事とプライベートがきっちりと分かれているフランスでは、仕事が終われば同僚達とはさようなら。家に一度戻ってから奥さまと一緒に食事に出かけたり、家族で食事をしたり…。そして、友人宅、あるいはレストランでのディナーやビジネスディナーは夫婦で出かけるのが当たり前。

私のように夜の外出が好きではない人にはこれは大変です。しかも、私にとっては言葉の問題もあり、食事に出かけるのにものすごいエネルギーが必要。すべてのお誘いを受けるのは苦痛でもあったので、彼と話し合い、何回かに1回は失礼させていただくことにしました。

そんなことが続いていたら、あるご夫婦が彼に「エリコは僕達のこと、嫌いなの?」と。偶然に、彼らから食事に誘われた時に私が日本にいることが多く、さらにパリにいるのに行かなかったこともあり、彼らにイヤな思いをさせてしまったのです。反省…。

フランスでは夫婦単位で公の場に出ることも多く、お会いした方達には、私達は一人ひとりではなく、夫婦として相手の印象に残ることになります。一緒に出かける時に、私達が心がけているのは、相手、つまり私にとっては彼、彼にとっては私が、どう感じているかということ。彼に恥ずかしい思いをさせたくない、彼が私のことを誇りに思えるようにしたいということです。服装等の外見的なことも大切ですが、それ以上に、会った人達とどんな会話ができるのかや、立ち居振る舞い等を意識しています。

他の方が彼のことを褒めて下されば私もうれしいですし、私のことを褒めて下されば、彼は喜んでくれます。私達は一番そばにいる相手の目を緊張感を持って感じています。だから、「今のままでいい」ということではなく、内面的にも、そして外見的にももっともっと磨いていきたいと思うのです。よくフランス人の夫婦はいつまでたっても、男と女であると言いますよね。それは一番近い異性の目を意識しているからではないでしょうか?

冬の章

L'hiver

12.1 ven　君島十和子さんの美しさと強さに学ぶこと

銀座の『十字屋』で君島十和子さんとトークショー。お腹が大きい上に直前まで何やかやと慌しく、メイクも服もちゃんとしていない私の前に、「今日はよろしくお願いいたします」とご挨拶にみえた十和子さんは…やっぱり美しかった。

今回は初めて、私のホームページで『十字屋』で行うイベントの告知をしたんだけれども、ものすごい反響でうれしかった。この日のために地方から来て下さった方もいらしたよう。そういう方達のためにも、あー今日は来て良かったなあと思っていただけるトークショーにしようと、前からママ（母）と話をしていたけれども、やはりいつもの私。会場に入ってから頭の中に進行が浮かんできた。

十和子さんは美しくあることに対して、自分に厳しく妥協がないような気がする。同時に、美しくあることを楽しんでいる…彼女にとっては美しくすることは〝遊び〟の1つなのでは？と思うような気負いのなさも感じた。

また、とても華やかだし、髪型やメイクや細い体、白い肌等、外見では柔らかい人のような印象を受けるけれども、じつはものすごく強い、〝美〟以外のことでも妥協しない人だと思う。以前対談した時も、今回も、お話しされていたけれども、

山本寛斎さんも飛び入り参加して下さって大盛況だった君島十和子さんとのトークショー。

思いがけない体験をすることで自分や自分の家族を守る術を身に付けたのだそう。

私も、できることならイヤな体験はしたくないけれども、その体験があったから人に対してもっと優しくあろうと思えるようになったし、世の中にはさまざまな価値観、感情があることを学んだのよね。

12.6 mer

クリスマス前の『エルメス』で幸せ気分に

パリに戻って来た。東京から仕事でいらしている知人をパン屋さんの『ベシュ』での朝食にお連れする。我が家が好きなのはバゲット。特に「レトロ」という名前の物や、バゲット・ドゥ・トラディション（伝統的バゲット）は大好き。でも、『ベシュ』のパンは何でも美味しい。知人も喜んで下さり、お仲間のスタッフへのお土産に、パン・オ・ショコラやクロワッサンを買って帰られる。そのあとで私は久々に『エルメス』に向かう。

友人から女性へのプレゼント用に、「35センチで茶系のバーキンを」と頼まれたけれど、あー世の中には、私が働いて少しずつ買い足してきた大好きなバッグをポンッとプレゼントされてしまう女性もいるんだなあと少々羨ましくもあった。ノエ

ベシュ
［Bechu］

名物のバゲットは、パリのコンクールで1位をとったことも。店内に飲食のスペースもあって、ここで朝食をいただくと幸せ！
住：118, avenue Victor Hugo 75116 Paris
営：AM7:00〜PM8:00
休：月曜
TEL：01 47 27 97 79

ル（クリスマス）前の『エルメス』はやはり混んでいるし、大きな箱をいくつも抱えている人もいて、何だかこちらまでウキウキ。

結局、人から頼まれて買い物をするのも、私は嫌いではない。むしろ好きかも。そのひと時は私のカードを使って支払いをしているし、包みを開けることはないけれども、その品物は私に手渡されるから、自分がお買い物をしたような気になるのよね。オレンジジュースをご馳走になり、新作のバッグも見せていただき、贅沢気分の1日だった。

12.8 ven

バナナケーキに後悔…

シャルル・エドワードのオフィスにちょっと仕事の手伝いに行ったら、急にランチに誘ってくれた。行く先も決まっていないままに愛車に乗り込み、レストランに電話。着いた先は『ル・ドワイヨン』。じつは私は今年の2月14日以来なのよねえ。レストランの人達も、お腹の大きい私に会うのは今回が初めてなので、「おめでとう」「おめでとう」の嵐。あー、でも『ル・ドワイヨン』に来ることがわかっていたら、仕事中にバナナケーキなんて食べなかったのに…。

ル・ドワイヨン
［Le Doyen］

パリで人気の三ツ星レストラン。シャンゼリゼ通りから少し入った森の中にあります。
住：1, avenue Dutuit 75008 Paris
営：PM0:30〜PM2:00（月曜除）
／PM8:00〜PM9:45
休：土曜・日曜
TEL：01 53 05 10 01

12.11 lun お医者さまとの出会いは大切

ドクター・リボジャとの出産前最後のランデヴ《約束》。次に会うのは出産2カ月後。別れ際に抱きしめてくれた時は涙が出そうになった。信頼できるお医者さまと出会えるというのは、とても大切で、しかも幸運なこと。

『ル・ドワイヨン』のランチ。デザートもしっかり…。

12.14 jeu 午前2時からの後片付け！

我が家で12人のディナー。最近は慣れてきたけれども、やはり〝我が家でディナー〟となると、少々私の機嫌は悪くなる。ディナーが始まってしまえば楽しいのだけれど、始まる前の準備や終わった後の片付けのことを考えると…。

しかしフランス人は本当によく話すのよね。それとも私の周りにいた日本人がおしゃべりでなかっただけ？ 人の話をちゃんと聞いていないような気もするけれども、でも、人と違う意見を面白がったり、ちゃんとその理由を知りたがる姿勢は興味深い。一人ひとりが違う意見を持っていて当たり前だという考えはとても素敵だし、だからこそ盛り上がるのよね。

サルコジとセゴレン・ロワイヤルの大統領選については、よくわからないけれども…。でも私なりの意見を言うと、ちゃんと受け止めてくれるのはうれしいこと。

しかし、後片付け開始が午前2時からというのはかなりしんどい。

12.16 sam

圧巻！ 30人の自宅ディナー

友人宅でのディナー。かなりびっくりした。10人前後かな？と思っていたら、何と30人でのディナー。個人の家で30人のディナーで、しかも着席スタイルは初めてだったから。とにかく最初から最後まで観察ばかりしていた気がする。

テーブルは10人がけが3つあり、それぞれが違う色のコーディネートになってい

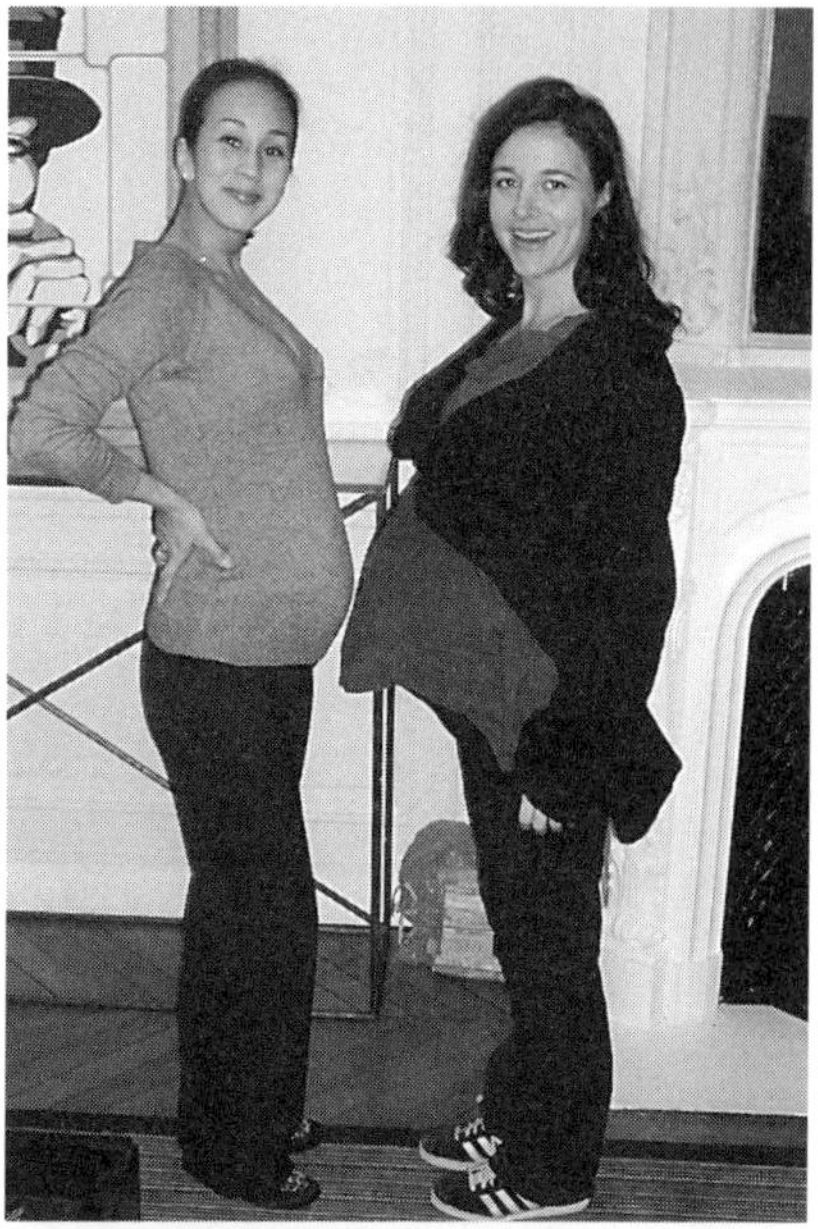

我が家での12人のディナー。お腹比べをしている一番上の写真は12月25日が予定日のナタリーと。真ん中は12人でのディナー風景。下は友人のシャネルやジバンシィの靴デザイナーのローレンス・ダッカード（右）と47ページの友人のルドルフ（左）。

て、グラス類や食器類が美しい。けれどもいずれも気軽に使えるようなタイプの物で、彼女たちの持ち物なのだろう。そして、いつも思うのが、フランス人はろうそくでの演出がとても上手。ほんの少しスタンドの照明をつけている程度で、あとは各テーブルのろうそくや、その周囲のテーブルに置いたろうそくで美しく演出している。

そして、さすがに30人のディナーはケータリングを頼んでいるし、洗面所に行く時にキッチンを通りかかったら、シェフやサービスの人が計10人近くいたし…。

とはいえ椅子や、大きさが同じ3つのテーブルはどうしたのかしら? ナイフやフォークは? 私が12人のディナーで「大変!!」なんて言っている場合ではない。年に数回のことらしいけれども、準備は大変だと思う。今度いろいろと話を聞いてみよう。

でも、我が家で30人のディナーなんて、今の私にはホステス役を務め上げる自信がない。

だって、まずフランス人の名前をちゃんと覚えられないんだから…。

あるパリの1日

結婚してパリで暮らすようになって、そして子どもができてから、私の暮らしはどんどんシンプルになってきたような気がします。特別な運動は何もしていませんが、きちんと睡眠をとり、バランスのとれた食事をいただき、穏やかな陽射しの中、子どもと一緒に遊んだり、時に1人でよく歩いたり…。そんな普通のことが心と体のためにはとても大切なことだと感じます。

チーズは必要な分量をグラムで買って…。美味しいパンにバターやジャム、チーズ、果物。
それにミルクたっぷりのカフェ・オ・レの朝食が好きです。

マルシェに行く時はこんな感じ。ラフな格好に買い込んだ
食材がたくさん入るカートを引いて。

1日のスタート
食材の買い物は
マルシェで

週に2回、水曜日と土曜日に家の近所で開かれるマルシェが大好き!!　かならず足を運びます。野菜も果物もジャンボン(生ハム)も、何もかもが新鮮でとびきりの味。このマルシェを知ってから、野菜や肉本来の味、そして旬がよくわかるようになりました。自宅にお客さまを招いてのディナーの際にも心強い味方です。ドライフルーツも美味しくて、東京の母は、すっかりその味に魅了されていました。

1

2

3

マルシェで買うお花は元気で長持ちするんですよ。今日は優しいピンク色が美しいバラを、ブーケにしてもらいました。

4

5

1. リネンのショップを覗いて。　2. チーズ屋さんではバジルの葉を使って価格をディスプレー。チーズとバジルは一緒にいただいても好相性。3. アーティチョークは塩水に浸してからゆでて、グリルや揚げ物に。4.5. 牡蠣やエビなどの魚介類も種類が豊富で新鮮!!　フランス人も大好き! 6. 真っ赤ないちごはそのまま食べても、ジャムを作っても…。　7. もちろん、チーズの品揃えも充実しています!　8. レイアウトや彩りもかわいらしい栗や果物。　9. お惣菜屋さんも充実。

6

7

8

9

元気をくれる
私のキッチンスタイル

我が家のキッチンは赤と白が基調。1年中、朝からお昼過ぎまでお日様が当たっていて、暖かく、家族みんなの大好きな場所。私が料理や片付けをしていると、娘は横でお絵描きをしています。壁には日本のアンティークの看板やロシアのポスターが飾ってあって、賑やかです。

これ、薬のカプセルの形です。本来は薬入れに使うのでしょうが、私達は調味料を収納。

窓から見える緑が気持ちを爽やかにしてくれます。キッチンにもお花を。

1. 包丁やナイフ等のキッチンツールは壁にかけて。こうすると、引き出しの中でガチャガチャと絡まることもありません。でも、むき出しなのでまめに洗っていないと汚れてしまうのが難点です。
2. グラス類は食堂の棚に高さ別に収納。　3. 朝食の度に4、5種類、テーブルに出てくる瓶類は手作りジャムやハチミツ。　4. 東京(右)、ニューヨーク(左)、パリ(中央)、ファミリーが暮らす3つの国の時間を示す時計。　5. マルシェで買った果物をカゴに盛って。

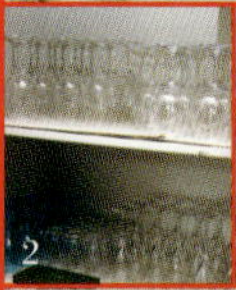

パリでの日常着　ON & OFF

子ども2人という生活は、まさに時間との闘い…。自分のことは後回し。子どものこと、家のこと、自分の仕事、彼の雑用（?）の手伝い、友人との約束…。時間を節約するためにできることを考えました。仕事の打ち合わせがある日でも、子どもと一緒の時に着ていた服の、トップスだけを着替えて、あとは出かける間際に靴とバッグを替えれば、はいOK！

OFF

ON

着心地のよい薄いベージュのパーカーは『バナナ・リパブリック』。デニムは『リーバイス・プレミアム』の物。荷物がたっぷりと入るバッグは『ボッテガ・ヴェネタ』。シンプルな『スプリングコート（フランスのブランド）』のスニーカーで。

トップスを大好きな『ロエベ』のジャケットに替え、アクセントに『エルメス』の赤のケリーバッグ。靴を『ジミー・チュウ』のミュールに替えます。

大好きな読書の時間

My Best 4

広瀬隆著
『赤い楯』上
集英社

ロスチャイルド家の歴史がわかる本。この一族の強さの秘密がよくわかります。

ワイルド著
『ドリアン・グレイの画像』
岩波文庫

美貌の青年に起こった悲劇を通して、人の心について考えさせられる1冊です。

ディケンズ著
『デイヴィッド・コパフィールド』
岩波文庫

とにかく一気に読んでしまう。楽しくて楽しくて、ハラハラして…眠れない！

三島由紀夫著
『春の雪』
新潮文庫

三島の描く男性や女性の独特の美しさが、とてもよく出ている作品だと思います。

家族全員、本当に本が大好き。テレビを観ない我が家（あっ、『24』や映画のDVDは別ですね…）では、日中は子どもと公園で遊んだり、絵を描いたり、本を読んだり、音楽を聴いたりして過ごします。子どもが早く寝るので、私と彼は夜、それぞれの読みたい本を持ってリビングでくつろぐことも…。私達の部屋に天井まである壁一面の本棚を造りました。まだまだ本が収納できるのがうれしいです。

私の周りの景色たち

大好きな私達の家。好きな物、好きな色、好きな風景がどんどん増えてきて…。どこに行ってもすぐに自分達の家が懐かしくなってきてしまうのです。

ハーブの苗を買って来てキッチンの窓の外で栽培中。お料理にアクセントが欲しい時に、重宝しています。

プチトマトやレーズンをお皿に盛ってテーブルに。ちょっとお腹が空いた時につまみ食い。最近は娘が私の真似をしてパクリ!

マルシェで買ったお花。お花が家の中にあると、何だかうれしくなりませんか?

子ども部屋。馬は「キャラメル」といって、動くんですよ。そして娘のお絵描きスペース。絵を描く時には赤いビニールのスモックを着て。

これは絵本がこんなふうに紙人形の家のセットになっている物です。仕組みの説明が難しい…。

ファミリーの写真を並べたコーナー。1日に何十往復もする場所に、私達のファミリーがいます。

ベトナムで購入した茶葉入れ。今は食堂に置いてあります。アジアンテイストも不思議と合うんですよ。

アパルトマンの階段です。この螺旋の雰囲気、いかにもフランス!! という感じでしょう?

『ルイ・ヴィトン』のヴィンテージのスーツケースは子どもの絵本入れに。私、スーツケースがとても好きなのです。

12.18 lun

5年振りのモナコ取材です

２００７年４月に創刊する雑誌『グレース』の取材でモナコへ。５年振りのモナコ!! 取材とはいえ心弾む。心配なのは、インタビューする相手の方々がみんな一般の方だということ。コーディネーターの方が通訳をして下さるとはいえ、できればテンポよくやりとりをしたいから…。私のフランス語がどこまで通じるか？

12.23 sam

どっさりディナーの買い出しへ

ノエル（クリスマス）の前の最後の買い出し。『ジョエル』の野菜屋さん等は３週間近く冬休みをとってしまうので野菜類をいろいろと、ディナー用に「コンテ」「ブリー」等のフロマージュ《チーズ》、コンポート《砂糖煮》やケーキ用にりんごを３キロぐらい。

明日の我が家でのディナーのために、もちろんマルシェ《市場》でどっさり買い込み。その後、後回しになってしまっていたナツエのプレゼントも買いに行く。

ナツエに物をあげるのは基本的にはバースデーとノエルだけと決めているから、長く楽しめる物を探す。

モナコでの写真です。

この時期になると、「日本にノエルはあるの？」とよく聞かれる。確かに日本＝仏教の国だから、ノエルが存在するわけないと誰もが思うのが当然。「あらー、1年でもっとも大きなイベントの1つよ」と言うと、みんなビックリしている。でも欧米ではファミリーにとっての大切なイベント。恋人同士だって、ノエルは2人ではなくそれぞれの家族と過ごすのだから。いつか私のきょうだいのファミリーや、シャルル・エドワードのファミリーみんなでノエルを過ごせたら楽しいだろうな！でも日本のファミリー、特に男性陣は休みをとるのが大変そう。

12.24 dim

ディナーはシャポンに黒トリュフのソース

友人のパトリス・ファミリーと『ラ・ガール』でランチ。奥さんのソフィーに私達のベベ《赤ちゃん》のマレンヌになってくれないかと話をする。ちょうど、話をし始めたところで私はナツエのトイレに付いて行ってしまったので、彼女の反応はわからなかったけれども、シャルル・エドワードいわく、ものすごく喜んでくれたとのこと。

ほとんど毎週末会っているし、シャルル・エドワードも彼らの次男、ガスパーのパランだし、何だか大きなファミリーという感じ。日本でも洗礼を受けているキリスト教徒の人達にはパランやマレンヌがいるのかしら?

正直、私にもいまだによくわからないけれども、フランス人にとってはパランやマレンヌになれることはとても大きな喜びみたい。それに親以外の誰かがその子どものことをつねに考えてくれるというのは素敵なこと。

夜は我が家でディナー。友人のフランクとスィゴレーヌが前菜にフォアグラを、シャールとクラリスがデザートに薪《まき》の形のクリスマスケーキ、ブッシュ・ド・ノエルを、フィリップがシャンパンを持って来てくれる。メインは、レストラン『ラストランス』から、おすそ分けをしてもらったシャポン(去勢鶏)と黒トリュフのソース。シャルル・エドワードが上手に焼いてくれた。

ナツエも今夜は特別に、他の子ども達と一緒にDVDを観せてあげる。でも夜10時にはダウン。私もせきが出て来て止まらず…。メインディッシュが終わった時点でベッドで休むことにする。クラリス達のまだ小さい子どもでも起きてDVDを観ているというのに、4歳と2歳の彼らより早くベッドに入るなんて…。

午前2時半にみんな帰ったので、起き出して後片付けをする。しかし、つくづくフランス人はタフだと思う。カクテルの時から飲み続けて、食事の時も飲んで、食後も飲んで…。午前2時半まで元気にいろいろな話題の討論をしていた。千鳥足に

ラストランス
[L'Astrance]

「パリでもっとも予約が取れない」とも言われる人気のレストラン。パッシー駅の近くです。
住:4, rue Beethoven 75016 Paris
営:PM0:15~1:30(要予約)
/PM8:15~9:15(要予約)
休:土曜・日曜・月曜
TEL:01 40 50 84 40

パラン　マレンヌ
[parrain]　[marraine]

子どもの洗礼に立ち会う代父(パラン)と代母(マレンヌ)のこと。子どもの後見人ですが、生涯に渡って、本当の親子とはまた違う密接な関係を築いていて、羨ましくなります。

なっているフランス人って見たことないなあ、そういえば…。

ナツエの部屋にストッキング（日本でいう靴下のこと）の用意をしなければ!!

12.25 lun

子どもへのプレゼント、我が家の方針

ノルマンディーのマミー（夫の祖母）の家でランチ。今年は人数が少ないらしく総勢25人くらいとのこと。朝、体調が悪かったので行くかどうか悩んだけれども、マミーに会いたいし出かけることにする。

今朝はナツエが起きると同時に「サパン《もみの木》・ド・ノエル（クリスマスツリー）」の下のプレゼントの開封が始まった。東京と南仏とニューヨークのファミリーから届いた娘へのプレゼント。サパンの下に並べていた時には多過ぎるかな?と思ったけれども、いざ開けていくと絵本もあるし、心配したほどの数ではなく安心。

昨晩ストッキングに詰めたのは、小さい動物の置き物や歯ブラシなどの細かい物。私達からのプレゼントはカラフルなビュロー（仕事机）。これはイギリス風でストッキングの物はサンタさんからのプレゼント。大きい物は両親からのプレゼントという考え方。プレゼントについては、子どものほしがる物は買ってあげたいと思う

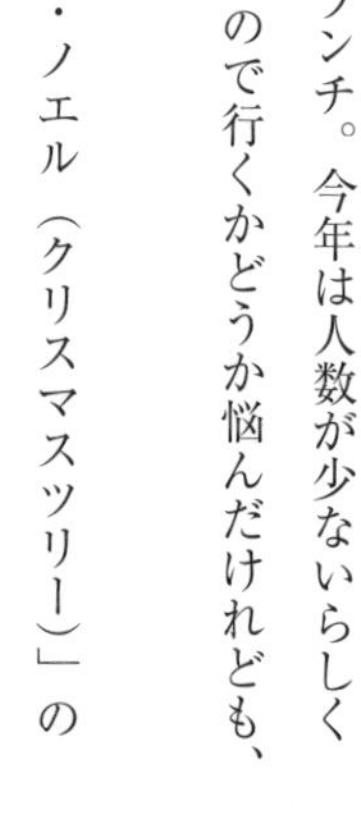

今はシャルル・エドワードのオフィスに置いているナツエのビュロー。私の机もあるので、3人で時々一緒に仕事（?）をしています。

けれども、やはりあげるタイミングや数は大事だと思う。それは一つひとつの物を大切に使ってほしいから。実際にナツエが生まれてから私達が彼女に買った物ってバースデーとノエルの時だけだから、計7個くらいかな？

でも、生後8カ月の時のクリスマスプレゼントで今でも十分に楽しく遊んでいるし、子どもにとってはどんな物でもおもちゃになりうると思う。出産のお祝いにたくさんぬいぐるみをいただいたけれども、つねに一緒に遊ぶのは決まっているし…。何でも与えてしまうのではなく、そこにある物を子どもならではの想像力で上手に使って遊んでほしい!! しかし、去年のナツエはプレゼントの意味がよくわかっていなかったみたいだけれども、さすがに今年は興奮している。「カドゥー（プレゼント）、カドゥー!!」と連発!!

結局、マミーの家に着いたのは午後1時近く。マミーはちょっと疲れ気味かな？と心配になる。ほぼ1年振りに会う親戚の人達も多く、近況報告で話は弾むけれども、困ったことにみんなの名前が出てこない。みんなはちゃんと覚えてくれているのに。今度、シャルル・エドワードに写真をもらって、顔と名前を一致させなければ。

でもこうしてマミーのもとに子ども達、孫達、ひ孫達が集まっている様子を見て

我が家のクリスマスツリー。写真に撮ると地味に見えてしまうのですが、なかなか上手く飾り付けができて、お客さま達には好評でした。でも我が家はかなり乾燥しているらしく25日には枝が下がってきてしまい、お花屋さんに引き取ってもらうことに。加湿器買わなきゃ！

いると、大きいおばあちゃま（曽祖母）がいた時の我が家のお正月を思い出す。

マミーからナツエには、彼女あてに毎月届く『アブリコ』という3〜5歳児用の雑誌が、私達にはパリの内装が美しいレストランやブラッスリーの写真集がプレゼントされた。

12.27 mer

フランスの年末風景は…

何だか年末という感じがまったくしない。日本では確か今日、明日あたりが仕事納めだと思う。パン屋さんに行っても、ラボ（18ページ）に行っても、近くのお店に行っても、まったくいつもと同じ。

電球を頼んだら1月2日には入荷すると言われて、少々不思議な感じがする。

12.30 sam

親子3代で常連になろう！

シャルル・エドワードも私も朝10時半まで寝てしまった。こんなに朝寝坊をしたのは2年振りくらい？

暖炉の前での1枚。名（？）カメラマンは、この頃まだ2歳だった娘です。

とにかく今日は彼もいることだし、大掃除をしたいところ。家事室の棚の上を整理したり、私ではわからなかった彼の物を整理したり、捨てたり…。掃除を始めると食べることも寝ることもどうでもよくなってしまう片付け魔の私だけど、シャルル・エドワードはそうもいかず、ランチへ行くことに。年内最後に『カフェ・コンスタン』に行きたかったけれども閉まっていて残念。『トゥミュー』に行く。

この店は、私はじつに5年振りくらい。確か5年前？　あーもしかしたらもっと前、7年振りだあ。ママとおばあちゃま（祖母）がパリに遊びに来た時に、一緒に行って以来だから。前菜にオーダーしたポアロー（西洋ネギ）が美味しかった。シャルル・エドワードはおかわりしたくらい。ソースを真似したい!!

シャルル・エドワードが子どもの頃、毎週日曜日に、ここでファミリーランチをしていたそうだけれども、その時から、サービスをする人達の顔ぶれが変わっていないんですって。1つのお店にそれだけ長く勤められるというのは、きっとオーナーがギャルソン達を大事にしているからだと思う。そして、そこで働くことにギャルソン達が誇りを持っているからでもあると思う。

パリではこういうレストランやカフェをよく見かける。日本にもあるとは思う。ただ、日本ではサービスをするのは若い人が多く、年輩の男性や女性、その仕事を長く続けていて仕事に誇りを持っている人がサービスをしてくれるお店って、意外に少ない気がする。今度はナツエを連れてきて親子3代で常連になろうと話は盛り上がる。

急いで家に戻ると、ちょうどベビーシッターさんがナツエを連れて戻って来ていた。暖炉に火を入れて3人でその前でくつろぐ。

12.31 dim そして、初めてのフランスでの年越し

もう2006年も終わり。

でも本当にパリにいると、年末もいつもと変わらずで物足りなく感じる。とはいえ、じつは私にとってはパリで迎える初めてのお正月なのよね。毎年フランスの田舎や外国、2004年のお正月は日本で迎えたから。

今日もシャルル・エドワードを巻き込んで大掃除。楽しくて楽しくてしようがない。

でもフランス時間の夕方4時に日本は新年を迎えるから、4時5分前には手を止めて電話の前へ。

4時1分過ぎにまずママとおばあちゃま（祖母）に電話。ママはお料理の最中だった。

次にゆりちゃん（妹）ファミリー。みんな起きていて、よしの（妹の長女）とも話ができてうれしかった。次に弟ファミリー。どうやら寝ていたところを起こしてしまったよう。ごめんなさい！　弟の長男が起きてしまったらどうしようと心配になる。

これで今日の私の一番大切なことは終わり。

やはり「明けましておめでとうございます。今年もよろしくお願いいたします」と決まりきった言葉だけれども、ちゃんと言わないと落ち着かない。

マニュー宅のディナーの1品。
サーモンのホイル焼き。

さてそろそろ仕度をして、友人のマニューの家へ行かなければ。今年の年越しはヴァンドーム広場近くのマニューの家に集合。総勢12人くらいかな？　シャルル・エドワードもちゃんとしたスーツを着ているし、ナツエにもかわいいワンピースを着せたけれども、私はいつもと同じ。ジュエリーで華やかにしてみよう。

年越しディナーは大盛り上がり。みんな本当によく食べ、よく飲み、そしてよくしゃべりました。
今年は妊娠中だったのでラクな格好をしている私ですが、来年からはおしゃれもできるかしら…。

2007
1.1 lun

パリの新年は大渋滞であける

そうよねえ、パリに人がいないわけないのよね。午前1時にひと足早くマニュー宅を出て私が運転をしてアパルトマンに向かう途中、まずヴァンドーム広場の人の多さにびっくり。でも映画のセットのように、少し雨に濡れた広場がイルミネーションの光を浴びる光景はあまりにも美しくて、人が集まるのは当然と思った矢先、リボリ通りに出ると大渋滞。

コンコルド広場は人・人・人、車・車・車。しかも人は信号も車もまったく無視して広場を突っ切ろうとするからクラクションはすごいし、こちらは人にぶつからないようにハラハラしながらの運転。

どうやらシャンゼリゼ通りは車両乗り入れ禁止のようで、通りの入り口に鉄柵があって、その前に数人の警察官が仁王立ち。仁王立ちしていないで、この混乱を少し何とかできないのかしら？ と思った。なぜか、私の中では年末年始のパリには人がいなくて道もガラガラ…というイメージが出来上がってしまっていたのよね。

実際に年明けとともに街に出るのは生まれて初めての経験。仕事場にいるか、違う国や田舎の友人宅にいるか、東京の家にいるか…。外に出ることがなかったから、年越しの時に街中にこんなに人がいるのは初めて見た。そりゃあお祭りだもの、当たり前!! 私があまりにもビックリしているのを見て、シャルル・エドワードの方がビックリしていたっけ。

シャルル・エドワードは昨夜から体調が悪そう。マニューの風邪がうつったのかな? 今晩はこれから、友人のエリックとアニエスが泊まりに来るし…。無理をしないでほしい。

1.2 mar

シャルル・エドワード、インフルエンザにかかる

結局シャルル・エドワードも私もほとんど眠れず。彼は今日から仕事なのに、とても具合が悪そう。SOSメドサンに来てもらったらインフルエンザとのこと。えーっ。とにかく私とナツエにうつっては大変と、居間のソファベッドで寝ることに。頭痛がひどいようで、汗もすごい。

まったく年明けとともに体調を崩すなんて。去年仕事が大変だったから「少し休みなさい!!」ということなんでしょう。ナツエにも、「パパは病気だからあまりそばに行かず、良い子にしているのよ」と説明する。

SOSメドサン
［SOS Medecin］

フランスの緊急医療制度。急病時に電話をかけると、医師が往診してくれます。もちろん有料ですが。こうした緊急（SOS）時の電話受付窓口は、フランスでは医療分野以外でも豊富にあります。

1.4 jeu じつは肺炎でした…

明け方、シャルル・エドワードがとても辛そうな顔で部屋に入って来た。呼吸が上手くできず、あまりの苦しさに何回か救急車を呼ぼうかと思ったよう。居間に行くと、びしょびしょにぬれたTシャツや下着や靴下が何枚もある。「絶対にインフルエンザじゃないと思う」と強く確信しているので、友人のドクターに電話をして相談。まずはラボ（18ページ）で血液検査をすることに。心配なので付いて行く。

夕方、私が検査結果を取りに行った時には、すでにラボからドクターに結果がファックスされていて、数値が異常に高いものがあったそう。肺の専門医を紹介してもらって、すぐに予約を取る。そのドクターは最初「今日はもう予約が一杯」と言っていたのに、電話でシャルル・エドワードの呼吸の音を聞いたら、「すぐに来なさい!!」と。結果、「肺炎」。

もし苦しくて救急車を呼んで病院に運ばれていたら、即入院!! というくらいひどいらしい。でも家で安静にしていれば…ということで、2週間は仕事も外出も禁止の診断書と、数種類の強い薬を処方されて帰ってきた。

今さら言ってもしようがないけど、SOSメドサンはどうしてわからなかったんだろう。シャルル・エドワードが「インフルエンザじゃない」って確信しなかったら、ずっと違う薬を飲み続けて一向に良くならないまま、もっとひどくしてしまっていたかもしれないと思うと、怖い。

せきをする度に頭と胸が痛くて悲鳴をあげていて、かわいそう。

1.9 mar　パリの贅沢な朝食って…

ナツエを幼稚園に連れて行った後、久し振りにパン屋さんの『ベシュ』（59ページ）へ。原稿用の写真撮影のためにカフェ・オ・レとタルティーヌをオーダー。『ベシュ』のパンは美味しいけれども、改めて金額を計算してビックリ！

カフェ・オ・レ4・5ユーロ＋タルティーヌ3ユーロ＝7・5ユーロ。日本円で約1275円（1ユーロ＝170円換算）、およそ1300円。バゲットを切ってバターとジャムを付けただけのタルティーヌとカフェ・オ・レで1300円の朝食って高過ぎる。フランスは日本に比べて物価が安いイメージがあるけれども、ユーロになってから確実に物価は上がっているし、私のように円に換算すると、今は2、3年前の3割高になっているわけで、大変なのは当たり前。

朝食やランチセットなんて、東京の銀座の方がよっぽど安くて美味しくいただけると思う。朝食を食べにカフェやパン屋さんに行くのは、ますます私にとって贅沢な時間になってきた。

1.10 mer さあ、SOLDE開始！

今日からSOLDE《ソルド》（セール）開始。きっと、どこのお店もすごい人なんだろうと思いつつ…。ひと段落してからSOLDE巡りをしてみようと思う。でも今回は、ナッエや甥、姪の洋服とリネン類くらいかな？ 必要なのは…。

1.13 sam 「フランスの『赤ちゃん本舗』」でお買い物

シャルル・エドワードは、もう家の中でじっとしているのがイヤなのだろう。確かにせきもおさまってきているし。でもまだまだ気を付けていなければいけないのに…。私が準備できるうちにということで、『ソーベル・ナタル』に、オムツ等を替える際に使う台、「ターブル アランジェ」を買いに行く。

『ソーベル・ナタル』は日本でいう『赤ちゃん本舗』みたいな所かしら？　お店の大きさや品揃え、とにかくすべてにおいて30分の1くらいの規模だけれど。ここは別にセールをしているわけではないのにすごい人・人・人!!　フランスの出生率が上がっているというのを実感。いたってシンプルで手頃な価格の「ターブル アランジェ」を購入。空いているスペースには、籐《とう》のきれいなカゴの入れ物を買ってべべ《赤ちゃん》の物を整理しよう!!

夕方、2年振りに映画へ。『Prete-moi ta main』を観る。ナツエが生まれてすぐに一度映画館に行ったけど、それ以来かと2人でびっくり。確かにこの2年半、もっぱら夜、家で2人でDVDを観ていたものね。彼が私の大好きな『M&M's』チヨコを買ってくれて…。観終わって外に出てくるともう暗く、シャンゼリゼのイルミネーションがきれいだった。

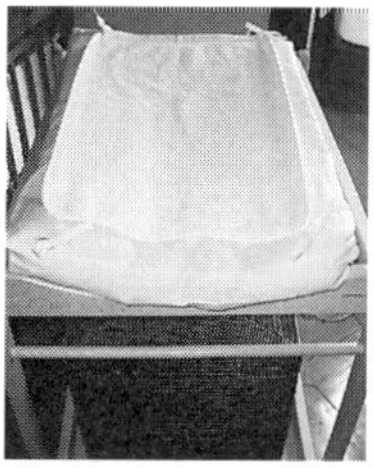

これがターブル アランジェです。この上でべべのオムツを替えたり、洋服を着替えさせたりします。

1.17 mer

まさに、事実は小説より奇なり

こんな、ひと昔前のドリフターズのコントのようなことって現実にあるのね。

シャルル・エドワードが仕事で企画しているパーティは、ちょうど1週間後の24

日。すでにインビテーションカードもできていて、宛名を書いて発送するだけ。それなのに今朝、パーティ会場として借りることになっている空室のはずのアパルトマンにデコレーションの打ち合わせに行って、中に入ろうとしたら…何と人が住んでいたとは!! 以前オフィスとして使われていた部屋だからお風呂等もないし、今は電気もガスも使えない状態なのに、そこにファミリーが居座っていたとのこと。

本来だったら不法侵入で、すぐに警察に来てもらえばすむことなのに、じつはその女性は部屋のオーナーファミリーの1人の前妻だとかで、シャルル・エドワードとしても警察を呼ぶわけにいかない。しかも子ども達と女性のボーイフレンドが一緒らしい。オーナーから管理を一任されている人と弁護士が動いてくれたようだけれども、どうやら目的は〝お金〟らしく、まったく出て行く気がないとのこと。

しかも、このオーナーファミリー、日本でも名前が知られているし、私達も面識がある。事を大げさにはできない。この知らせを聞いたオーナーファミリーはかなりショックを受けている上に、ある意味スキャンダルなので、ほっとくしかないという結論に達したようで、関知せず。でも、それではこちらとしては困ってしまう。

パーティは1週間後で、今からすべてを仕切り直すことはできない上に、とにかく時間がない。明日、シャルル・エドワードが再度出向いてその女性と交渉すると言うが、先方の目的がオーナーファミリーを困らせることとお金である以上、そう簡単に気が変わるとも思えない。

シャルル・エドワードは肺炎の自宅静養の期間がようやく終わったと思ったら、いきなりものすごいストレスになる問題が持ち上がってしまって…。とにかく、体のことが心配。何も手伝ってあげられないのも歯がゆい…。それにしてもすごい話。お金が絡んでくるとプライドも何もなくなってしまうのかしら？

1.19 ven　べべが下がって来ている！

ドクター・アクナンとの診察日。この数カ月検診に立ち会えなかったというのでシャルル・エドワードはミーティングの時間を変更して一緒にクリニックに来てくれる。うれしかった。最近体がとても疲れるし、足の付け根が痛くなることも多いし、不安なことがたくさんあったので、今日は特に一緒に話を聞いてくれるだけでも心強かった。でも、不安的中。ドクターから「べべ《赤ちゃん》が下がって来ている」と。しかも「ここ数日で陣痛があったでしょ？」と。えー、まさか夜中に少しキュッキュッと痛かった時があったけれども、あれが陣痛だったたなんて…。

とにかく動き過ぎとのこと。「今まで200％の動きをしていたから25％にしなさい」と厳重注意。シャルル・エドワードの顔は「ほら、ごらん」と言うと同時に、かなりこわばっていた。私は、かなりショック。別に外を出歩いたり、ショッピングをしていたわけではなく、時間があるから家の中をちゃんとしておこうと思って動いていただけなのに。

でも、今一番大切なのはべべを少なくともあと1カ月、お腹の中にいさせてあげること。とにかく気を付けよう。でも25％の動きというのがどの程度のものなのか見当がつかない。来週末から彼は日本だし、どうしたらいいのだろう。ナツエのことは？ こんな時、みんなどうしているのかしら？ 一応、ママとゆりちゃんには報告しておこう。やっぱり、ママチャン（夫の母）に彼のいない間はパリに来てもらおう。

1.20 sam ゆっくり、ゆっくり、ゆっくり

とにかく寝て過ごした。でもよほどショックだったのか…せきはひどくなるし、胸のあたりだけ寝汗がすごい。どうしたのだろう。

今夜、初めて…ナツエの前で泣いてしまった。夕食を食べさせている時にシャル

ル・エドワードから電話。私のことが心配でドクター・アクナンに問い合わせたら、ドクター・アクナンらしい答え。笑いながら「たとえエリコが肺炎でも、べべ《赤ちゃん》にはまったく影響ないし、エリコが辛いならアンティビオティック（抗生物質）を飲んでもいいし、胸のレントゲンを撮っても大丈夫!! 強くせきをしてもべべは下がって来ないから。べべは大丈夫!!」とのこと。

緊張の糸がプッツと切れて涙が出て来た。せきが止まらないのも、頭が痛いのも、眠れないのも私は我慢ができる。でも、私の体調が原因でべべに何かあったらと思うと…。ナツエが私の顔を見つめて大きな目に涙を一杯浮かべて泣き出しそう。そして、私の方に手を差し出してくれている。あー、心配しているんだ。

ナツエにどうして涙が出てしまったのか説明しようとしたら、完全に私が泣き出してしまった。ナツエは今度は両手を差し出して私を抱きしめようとしている。自分の体調のことで、ナツエやべべに迷惑をかけてしまったらどうしようと悩んでいたから、ドクターの言葉を聞いて安心したことを説明する。でも、まだ涙の出ている私を心配している。

やっと涙が止まって笑顔になったら、ナツエも食事再開。心配で急いで帰って来たシャルル・エドワードに、「パパ、ママン、マッコ（『パパ、ママを抱っこして』。

抱っこと言えずマッコと言うのです）」と言っている。私を抱きしめている彼と私の姿を見て、うれしそうに目を覆っている。子どもって何てすごいんだろう。すごく温かくて、優しくて…。私は本当にナツエを愛している。

1.24 mer

大盛況、シャルル・エドワードのパーティ

シャルル・エドワードのパーティにはかならず顔を出したかったので、夜までまったく動かずベッドに横になっていた。とにかくすべてがスムーズに進むことだけを望む。そして、久し振りにお化粧をしてパーティの会場へ。

午後6～10時のパーティだけど、7時半の時点で人はそんなに多くなく、ちょっぴり心配。でも遅くなるにつれてどんどん人が増えて大盛況。会場のインテリアもシックでモダンで素敵だし、来て下さっている方たちも品が良くうれしい。本来だったら、ちゃんと立って歩いて、皆さんにご挨拶をしたかったのだけれども、体調を考えて座ることに。

とはいえ、座った場所が悪かった。入り口のすぐ目の前のテーブルに座らされてしまったから、入ってくる人の目に必ず触れてしまい、結局そこにいた2時間、ず

っと誰かと話し続けることに。みんなが挨拶に来てくれるし、私が妊婦だと知らない人から見たら、「座ったままで、一体あの人はどういうつもり？」という感じだっただろう。

私が招待状を出した方達も、ご本人がいらっしゃれなくても部下の方が来て下さったりして、本当に感謝のひと言に尽きた。急なお願いにもかかわらず場所を提供してくれたレストラン『ル・ドワイヨン』や、インテリアをわずか2日で素敵にしてくれたデザイナーや、いろいろな人達が最大限のことをして下さったおかげで、こんなに良いパーティができたんだと、ただただありがたく思う。

さすがに疲れてちょっとお腹も痛くなってしまった私を、心配だからと私の愛車で家まで一緒に来てくれた友人のマルティーヌ。みんな、みんな優しいなあと胸が一杯になってしまった。2時間もすれば、シャルル・エドワードも帰ってくるだろう。「フェリシィタシオン（おめでとう）」と言ってあげよう!!

1.26 ven

無理をしたら離婚するから…!!

明日からシャルル・エドワードが出張で日本に行くのでママチャンがパリに来て

くれた。よく考えるとママチャンと会うのはじつに2カ月振り。日に焼けて、ナチュラルなシルバーの髪の色も似合っていて、元気そうでホッとする。何よりもママチャンにとってはナツエと一緒にいられるのがうれしいのだと思う。

インターホンが鳴ったと同時にナツエと2人でエレベーター前の階段に座って待つ。ナツエに「ママチャンがエレベーターから出て来たら『ママチャン』と言って抱き付いたら、きっと喜んでくれるわよ」と言うと、本当にうれしそうに抱き付いた!! かわいい。

とにかく日本に行く前に、シャルル・エドワードの肺の状態が大丈夫か、もう一度お医者さまに診てもらった。OKとのこと。良かった。それでも「少しでも無理をしたら離婚するわよ!!」と訳のわからないおどしを言っておく。

1.29 lun

SOLDEはとっても気になるけれど…

家にばかりいるから気分転換にとナツエを幼稚園に迎えに行く前に、ママチャンとヴィクトル・ユゴー通りに行く。欲しかったのはシャルル・エドワードのTシャツと私の厚手のソックス。もちろんこういった物はSOLDE《ソルド（セール）》にはなっていないと思う。『GAP』や『ZARA』はすっかり春物のディスプレイ。何かいい物があれば買ってもいいかな？と思っていたのに、今回は何もない。今年は暖冬で服の売れ行きが悪く、お店によっては今週から80％OFFになる所もあるらしい。そんなことを聞いたら、せめてモンテーニュ通りのお店くらい覗いてみたくなってしまう…。

けれども、今年は我慢。家で静かにしていなきゃ。しかし、テレビも観ないし、パソコンもやらない人間にとっては、家でじっとしているというのは大変なこと。

あーキッチンの汚れが気になる。

1.30 mar　シンプルで居心地のいい友人関係

人との縁というのは不思議だけれども、それは偶然ではなく必然なんだろう。パリに着かれた知人ご夫妻にお目にかかった。『ル・ドワイヨン』でのランチに誘って下さったけれども、体調のこと、それから赤ちゃん《べべ》に押されて胃が小さくなっているのか、1回にたくさんはいただけないし、残してしまったら心苦しいので、デザートの頃を見計らってレストランへ。お店の方達に先週の水曜日のシャルル・エドワードのパーティのお礼を言う。

テーブルに着いたら、ちょうどお2人はメインが終わっていてgoodタイミング。デザートは、奥さまはグレープフルーツのスペシャリテ、ご主人と私はライチーのデザートをオーダー。ライチーとバラの香りのジュレのデザートはとっても軽く、しかも香り豊かで美味。もう少し食べたいのに…と名残り惜しくなるくらいの量だったし、日本人に人気があるというのもうなずける。

ほんの小1時間のつもりが、デザートとおしゃべりで2時間も経ってしまった。初めてお話ししたのが2003年9月。それから息子さんも含めて何となく気持ち良くお付き合いが続いている。近過ぎず、遠過ぎず…。お人柄のおかげで、ご一緒すると楽しいし、普段はそれぞれの仕事、生活に追われてるけれど、機会があれば何か楽しいことはぜひ一緒に!! という、ポジティヴでいられる関係はとても大切だと思う。

フランスに住むようになって、私の人との関わり方はとってもシンプルになったと思う。

Column Vol.2

おもてなしは自宅でのディナーが一般的

初めて会った人と意気投合し、次に会う約束をする時、私達日本人は「それでは今度食事でも…」ということが多いですよね。そしてこの場合の"食事"の場というのはレストランであることがほとんど。

でも、フランスは違うのです。初めて会った人達に「今度、我が家にディナーに来て下さい」と言われます。そう、フランスでは人を家に招くことがとても多く、それは何の気負いもなく、自然に行われます。

私も当初、驚きました。だって、友人達とだけでなく、ビジネスディナーも自宅でするんですよ。日本人の感覚では家に呼ぶ人＝親しい人。それなのに、仕事関係の人、しかもこれからビジネスを始めるかもしれないという程度の人達も自宅に招くのですから…。

そして招かれたら、次にはその人達を自宅に招き返すのがマナー。招かれっぱなしというのは失礼になるそうです。友人の中には週1回、自宅でのディナーを催している人もいます。

当然、お返しにディナーに招かれているので、彼らの夜のスケジュールはいつもぎっしり。年に2、3回、30人ほどのディナーを自宅でしている友人は、さすがにこの時はシェフやサービスの人達をお願いしています。パリではケータリングも充実しているので、こういったサービスを上手に利用して、自宅でディナーをする人達が多いんですよ。

そして私は気付いたのですが、ホスト、ホステスとして一番気を使うのがディナーのメンバー。お料理も大切ですが、それ以上に重要なのがメンバーなのです。

お客さまが知り合い同士ならいいのですが、お客さま同士が初対面ということも。ディナーの場で会話が盛り上がらなければそのディナーは失敗ということになりますから、席を決めるのもホスト、ホステスの大切な仕事なのです。フランスでは結婚しているカップルは離れた席に、結婚していないカップルは隣り合う席に座るという決まり事があります。

我が家でのディナーの度に、「うわあー、どうしよう!」と焦ってしまう私と違い、友人達を見ていると、楽しそうに準備をしているんですよね。早く私もそうなりたいと思う、今日この頃です。

2.1 jeu カウントダウンが始まりました

2月に入った。最短なら、あと3週間…。いつもは「1日が経つのが早い!!」と言っているのに、今は早く時間が経ってほしい。こんなふうに毎日「あと○日…」ってカウントダウンするのなんて、初めての経験かもしれない。

あと3週間は頑張る。

2.2 ven 今日は…

何とか原稿を仕上げて送る。今日、できたのはこれだけ…。

2.4 dim 節分、したかったなあ

昨日、今日のお天気の良さといったら、すぐにでも外に飛び出したいくらいだった。しかも、何で気付かなかったんだろう。日がのびて来ていることを。朝7時半に起きた時に、空はうっすらと明るくなっていたし、夜も午後6時頃まで明るい。

つい1週間前は朝8時過ぎにならないと明るくならなかったし、夕方も5時半にはまっ暗だったのに。春が少しずつ近付いて来ているのはうれしい。

でも、昨日、節分の豆まきをするのを忘れてしまった。反省。ママチャンとナツエに節分について話をして、一緒に豆まきをしたかったのに。ナツエは大喜びしただろうなあ。来年はちゃんと前もって、お豆の用意をして、大声で「鬼は外、福は内!!」とやろう。

そろそろ、おひなさまも飾りたいけれども…。とりあえずシャルル・エドワードが戻って来てから、どうするか考えよう。あまり動くと怒られるから。

2.5 lun

我が家の嫁・姑関係

ママチャンと夕食の後、キッチンで話し込む。ほぼ毎晩のことだけれども、今夜はかなり深い話だったなあ。

もし、私が日本人と結婚していたら、義理のお母さんとこんなふうに夫、彼女にとっては息子の話をするのだろうか? 私と彼のファミリーとの関係はスペシャルなのかしら? 一般的なのかしら?

ママチャンもマヌー（夫の姉）も「シャルル・エドワードがわがままを言ったり、納得のいかないことをしたり言ったりした時には、私達に言うのよ。私達がエリコを守るから…」と言ってくれる。パパチャン（夫の父）も心配して、よく電話をくれる。

私は今、こんな状態だから、楽なひどい格好で1日中ママチャンといるけれども、本来だったら義理のお母さんの前ではもう少し気を遣うべきなのかも。もちろん、私なりに気遣って、疲れさせないようにとか、掃除はしてもらわないようにとかしてはいるけれども…。

今夜話をしていて、じつは今回のアジア出張をめぐって、彼とファミリーの間に一悶着あったことがわかった。ファミリーはみんな、彼が出張に行くことに大反対だったのね。こんな時にエリコを1人にするなんて、と言って…。だから私も正直にママチャンに言ってしまった。「とても不安だったし、できればキャンセルしてほしかった」って。

その反面、私も仕事をしているから、よくわかることもある。たとえば昨年の10月以降はお腹が大きくなっていても、半年前から決まっている仕事だからって日本に行って、シャルル・エドワードに心配をかけていたから。もちろん、体調が悪ければ先方に説明をしてキャンセルすることはできただろう。でも一度引き受けたことはちゃんと対応したいという気持ちも強い。

だからシャルル・エドワードが行くと決めた以上、それは本人の意志。私がどうこう言えることではないとわかっていた。ママチャンは「10月のあなたの仕事の時と、今回のことは別よ!!」と言ってくれるけれども。

それにしてもいろいろな話をしたなあ。でもお互いに本音で話ができるのはありがたい。フランス語のボキャブラリーを増やさなければ…。

2.6 mar うれしいサプライズ

朝、ナツエを幼稚園に連れて行く準備をしていたら、ベルが…。しかも、下のインターホンではなく、家のベル。ママチャンとナツエが出てみると、シャルル・エドワード!! 出張の予定をすでに変更してくれていたけれど、帰国は明日と聞いていたのでびっくり!! うれしいサプライズ!!

ママチャンも彼がいない間、緊張していたのだろう、「もし、息子のいない間に出産なんてことになったら…」と。ホッとしているのがよくわかる。

2.12 lun　日本の少子化問題をフランスで考える

友人のマギーとギヨームと我が家でディナー。私があまり動けないので、シャルル・エドワードがテーブルセッティングからお料理まですべてやってくれた。

前菜はアンディーヴのサラダ、メインはロティ・ド・ボー（仔牛のロースト）。これは3種のにんじんやじゃがいも、トマト、玉ねぎがたっぷり入ったヘルシーメニュー。しかし…パンを買い忘れる。マギーもギヨームも仕事でよく日本に行くから、話題はフランスのこと、日本のこと、それぞれの仕事のことと、尽きない。

さらに、話が日本の少子化問題になり、柳沢厚労相（当時）の発言にまで及ぶ。いくら大臣が「わかりやすく」するためにと言ったって、やはりそれは違うと思った人が多かったわけだし、フランスだったらすぐに退任になっているとのこと。私も、この発言の是非を国会で取り上げるよりも、もっと早く議論すべきことはいくらでもあると思う。

少子化は確かに深刻な問題。国が妊婦さんや母親、子どものいる家庭をサポートするような取り組みをすることも大切だけれども、それとともに、日本に欠けているのは、もっと根本的なことなのでは？　男性の意識が変わること。また、男性でなく女性自身も変わっていく必要性があると思う。

　女性達の中には「私達だって、これだけ大変な思いをしてきたんだから、今の人達も当然そうすべき」という考えを持っている人がいるのも事実。でも、1人の女性にはさまざまな選択肢があるはずで、周りの人達が無責任に自分の意見を押し付けたり、型にはめようとしていること自体、おかしいと思う。結局、その人達は何の責任もとってくれないのだから…。


　フランスが出産、子育てに関して理想的な国だとは思わないけれども、少なくとも女性本人に選択の自由があるのは大きな違いだと思う。男性が育児に協力するとか何とかいうよりも、そもそも子育ては2人でするもの…と、お互いに一緒に育児をするのが当たり前。お互いに時間のやりくりをし、女性任せにしない。

　我が家でも、もちろん、育児に関わる時間は私の方が圧倒的に多いけれど、シャルル・エドワード1人でもまったく心配はないし…。周りを見ていても良いパパはたくさんいる。日本だって、私の家族や友人達を見ていると、男性もとても頑張っている。住宅事情や経済的なことなど、問題はたくさんあるけれど…。何といっても意識が変わらなければ…と痛切に感じているのは私だけではないはず。

2.14 mer

7回目のプロポーズ記念日

もう7年も経つんだぁ、プロポーズ記念日。プロポーズ記念日なんて、変に思う人も多いかもしれないけれども、私達にとっては1年のうちにいくつかある大切な日の1日になっている。

たまたま、恋人同士だった2人がバレンタインの日にディナーをしていてプロポーズとなり…。そのレストランが『ル・ドワイヨン』で、大好きでよく通っているうちに三ツ星レストランとなり、シェフやお店の人達は、ずっと変わらずに通っている私達に対して親愛の情を持ってくれている。

「『ル・ドワイヨン』は私たちのキャンティン（食堂）」なんて言うつもりはまったくないけれども、いつ行っても居心地が良い。そして、いつも同じ席を用意してくれるのも本当にうれしい。古くからいる人達はシェフをはじめ、この席で彼が私にプロポーズをしたのを知っているというのは、ちょっと気恥ずかしいけれども…。

服装は相変わらずのお腹が大きい仕様のスタイル。でも、久し振りにちゃんとお化粧をする。できればもう少しきれいにしたかったけれども…。それでもシャルル・エドワードは「本当にあなたはきれいです!!」と何度も言ってくれる。それ

フランスのカップルがいつまでも“彼”と“彼女”でいられるのは、こうして2人で過ごす時間を大切にするから？

だけで元気になれるから不思議。

　私達のテーブルのそばに日本人のカップルが座っていらして、食事が終わった頃に声をかけられた。何でも奥さまが私のブログなどを見ていて下さって、「今日、こちらのレストランにいらっしゃるんじゃないかと思って…」と、日にちを合わせて予約を入れて下さったとのこと。そんなエピソードもとてもうれしく、HAPPYな気持ちに。


　お店の方と、次回はナツエを連れて来るという話になった。まだ彼女が1歳半の時に『ホテル ブリストル』のレストランに連れて行き、2時間、椅子から動かずにちゃんと座って食事ができて…しかも、とてもよく食べるので、レストランのサービスの方が次から次へと、いろいろな物を味見させてくれたことをよく覚えている。

　今度はどうなるかわからないけれども、子どもなりにその場の状況を理解していたのではないかしら？　そう考えれば、お店の方の了解が得られれば、ランチタイムに来ることは可能かも…。

　それまでに、ナイフをちゃんと持てるようにしておこう。

2.15 jeu　べべ、ありがとう

ドクター・アクナンの検診日。「今日はアポイントなしでいらっしゃい」と言われていたから、最悪は入院になるかもとスーツケースの準備もほぼ終えて家を出る。結果は、何とべべ《赤ちゃん》の位置が上がっていてびっくり。確かに2日ほど前から、シャルル・エドワードと「べべが上がってきているような気がしない？　お腹の出ている所が少し上になっているよね！」と話してはいたけれども、本当に上がっていたなんて…。とにかくうれしい。

ドクターは「この状態であれば予定日を目指しましょう」と。「もちろん、この1カ月同様、できるだけ家事などはせず横になっていた方がいいけれども、たぶん、べべはしばらく下がってこないでしょう」と。次回のランデヴ《予約》はとらず、「次に会うのは出産の時ですね」と言って握手をして別れる。涙が出そうになった。それにしても、本当に私のことをわかってくれているドクターだと思う。

9日の検診でべべの位置は変わっていないし、もう予定日のほぼ1カ月前だからいつ生まれても大丈夫だよ！　と言っていただき、体も気持ちもふーっと力が抜けてとてもとてもリラックスできるようになった。そしてリラックスできてストレスがなくなったことが、ちゃんとべべにも伝わって、べべもリラックスして上に上がってきたのだと思う。

そう考えると、なんてすごいんだろう!! とただただ感動。ナツエの声が聞こえるとべべがとてもよく動くのも、気のせいではないと思う。

2.16 ven 『24』のビデオに入れ込んでます

う～、とにかくシリーズ5作目の『24《トゥエンティフォー》』はすごい。スピード感と予想外の展開。あのストーリーの間のカウントダウンの音楽を聞いているだけで、心臓がドキドキしてくる。面白過ぎる!! 日本語の字幕じゃないから、ちゃんと会話の意味は理解できていないけれども…それでも見始めたらやめられない。

シャルル・エドワードは、私が映画にしても、この『24』のビデオにしても、ストーリーの中に入り込み過ぎるという。このDVDを観ている時は、1日中、まるで友達のことを心配しているかのように「ジャックは大丈夫かしら?」「大統領のこと、私、好きだったのに…」と、気が付くとブツブツ言っているよう。

彼に「頼むから興奮しすぎて、べべが生まれた、なんてことのないようにね」と何度も言われる。あー、でも毎回、毎回、思いがけないことが起こり、『24』のことが頭から離れない。これから一体、どんな展開になるの？

2.17 sam

DVDにはりんごのクランブル！

シャルル・エドワードがマルシェ《市場》とスーパーに行って、買い出しをして来てくれる。その間、私はナツエと本を読んだり、絵を描いたり…。彼が東京の『キデイランド』で買って来てくれたデッサンのセットはとても優秀。ナツエは完全にはまっているし、水を使うペンだから、汚れる心配もないし…。フランスにも売っているのかしら？ いずれにしても、日本の物はどれも優秀。

ナツエのお昼寝中に、キッチンでりんごのクランブル、りんごのコンポート、ピーマンのマリネを作る。シャルル・エドワード主導で…。クランブルは夜2人で『24《トゥエンティフォー》』を観る時のために。今夜も食事の後は『24』。

私が皮をむいて彼が作るりんごのお菓子。りんごとオートミールで作るお菓子(左)とコンポート（右）です。

2.18 dim 離婚率50%の風景

朝から大忙しの1日。

シャルル・エドワードがキッチンやオフィス（食材やカフェ・マシンなどの電化製品を置いている小部屋）に長い間積み上げたままにしていたワインやシャンパンをカーヴ（地下倉庫）に移動。

お隣に住む管理人さん、マダム・ダマリスから借りて来た小さなカートに載せて、ナツエとともに行ったり来たり。カーヴにあった不用な物も、カートで上げて全部捨ててくれたみたいで助かる。急にキッチンの中がスッキリする。でも2人とも、ホコリだらけ…。2人で仲良くお風呂に入っていて、とってもかわいい光景。ナツエはかなり興奮している。だってパパとお風呂に入るのは久し振りだから、ね。

この時点ですでに午後1時。ナツエにごはんを食べさせながら、同時に彼と2人で私達のランチの用意。友人のステファンが2時頃には来るとのこと。メニューはジゴ・ダニョー（仔羊のもも肉を焼いた物）、じゃがいものピュレにコリアンダーを混ぜた物、にんじんのピュレ。お肉と一緒ににんにく、玉ねぎ、エシャロット、トマトも焼く。

ステファンも料理上手だから、シャルル・エドワードと2人であーだこーだ言いながら、赤ワインを飲みながらでき上がりを待つ。「もう独身だから、今日なんて朝まで大騒ぎをして、寝たのは朝9時半!!」と言いつつも、やはり1人の週末はさみしいみたい。

離婚というのは、私達が思う以上のエネルギーを費やすのだろう。ステファンの奥さんのベネディクトの方から離婚を申し出たといっても、今は彼女の方が参ってしまっているようだし…。いつも強いベネディクトしか知らないから、彼女が泣いてばかりいるというのが想像もつかない。私達ができるのは話を聞くことだけ。冷たいようだけれども、私達が間に入って、何かが変わるわけではないから。

フランスはお互いに離婚に合意していたとしても、法が介入してきて最低1年くらいは手続きに時間がかかると言われているが、それでもパリにおける離婚率は50%以上らしい。今の人達は「我慢ができない」と嘆く人達も多いだろうし、「自由になった」と言う人達も多いでしょう。私達の周りでも去年から今年にかけて、離婚に向けて話し合いを続けているカップルの何と多いことか。私達にそういう日が訪れないことを願うけれど…。

「他の誰かと結婚するつもりはないけれども、再婚するんだったら、やっぱり彼女とだろうな。ただ今は、とても好きだけど愛情はないから一緒にはいられない」

周りの男性達はみんなこんなことを言っている。今の私には…よくわからない。

2.21 mer　シャルル・エドワードの焼きもち

シャルル・エドワードが感動した朝の1シーン。寝ている私の顔をナツエの小さな両手が優しく包み、私のオデコにそっとキスしたこと。

「僕にはそんなことしてくれたことがない…」と嘆いていた。

2.22 jeu　フランスの事務手続きが目下の悩み

シャルル・エドワード、ナツエと私の3人でセキュリティ・ソーシャル（社会保障）のオフィスに行く。妊娠の申請を出してからすでに5カ月経つのに、いまだにきちんと対処してもらえず…。どうして誰もきちんと必要書類や送り先等、的確に説明できないのだろうか？　この5カ月、一体何度ファックスをし、書類を作り直し、送り直しをしたことか。結局、いいかげんな対応にこちらが振り回されてしまっている。

フランスに住み始めて驚いたことの1つに、事務手続きの対応の悪さがある。私は難しいことはシャルル・エドワードに任せているが、フランス人のシャルル・エドワードでさえ頭をかかえてしまうことが多いのだから、フランスに住む外国人はもっと大変だと思う。そうでなくても、フランスは〝紙の国〟。やたらと書類が必要で…。出産日が近いのに、まだ妊婦として国にちゃんと登録されていないことは、やはりちょっと心配。ラボ（18ページ）でも「本来あなたは支払わなくていいのに」と申し訳なさそうに検査料等を請求してくる。出産後に診察代や検査料等を改めて申請すれば100％戻ってくると思うのだけれども、何だかまた面倒くさいことになりそうでイヤだ。入院の際に持参しなければならない書類も手元にないし…。

夜、知人に日本から持って来てもらったお米を炊く。私の入院中にナツエが食べられるように冷凍するため。彼がフィリップ宅でのディナーに1人で行ってくれたので、久し振りに炊きたてのごはんと、白ごまと昆布のつくだ煮とのりというシンプルな食事に。やっぱり炊きたてのごはんは美味しい。

でも、もう6、7年前に買った炊飯器。今はもっと性能のいいもので、海外で使える物もあるだろうから、次回の東京の時に探してみよう。

2.23 ven　ゆりちゃんファミリー、ニューヨーク転勤

ゆりちゃんから電話。SonoP《ソノピー》（妹の夫）のニューヨーク転勤の内示が出たとのこと。しかもニューヨークの希望していた部署ということで、本当に本当に良かった。ちゃんと頑張って実績を積んできた人を会社が評価してくれたんだと、ただただうれしい。でも、ゆりちゃんの声が今1つ弾んでいなかった理由。

「ママには何と言おう」…。

それは私も、真っ先に頭に浮かんだこと。男性にとって興味のある部署で仕事ができるのは、とてもHAPPYなことだし、ゆりちゃんや子ども達にとってもニューヨークで生活をすることはとてもいいチャンス。言葉を覚えるということだけでなく、その国の文化そのものに触れられるわけだから。何て素晴らしい機会を得られたのだろう!!　と思う。でも、5年という年月は、今の私達にとっては確かに長い。SonoPのご両親のこと、おばあちゃまのこと、ママのこと。

おばあちゃまの体調が良いわけではないし、ママの忙しさも変わらないだろう。でも、そばにゆりちゃん達が住んでいるということが、ママにとってはもちろん、おばあちゃまにとっても、精神的に安心できる部分だったと思う。

これから、私が今まで以上に東京に戻ることができればいいのだけれども、現実問題として子ども2人を連れて年に何往復もするのは難しい。今、ゆりちゃんやママと話し合っても、現実を変えることはできない。一度ゆっくり、きょうだい3人でこれからのことをきちんと話した方がいいのかもしれないなぁ。ママだって、本当だったらのんびりした生活をしていていい年齢なんだし。パパが亡くなってから、ノンストップの忙しさだから、とにかく体のことが心配でたまらない。

でもニューヨークのマヌー（夫の姉）・ファミリーに、ゆりちゃん達がニューヨークに住み始めると話したら大喜び、大興奮。シャルル・エドワードもすぐにSonoPの携帯に「おめでとう!!」の電話を入れていた。

それにしても、きょうだい3人がパリ、ニューヨーク、東京に住むことになるなんて、インターナショナルなファミリーだわ。こういうことはなかなかないから、私達がずいぶん前に提案したみたいに、子ども達を交換留学させられたらいいのに。

2.24 sam

形は変わっても家族の絆は変わらない

家族がいつまでも1つ屋根の下に住んでいることはできない。どんなに仲が良くても、各々が仕事をし、自立をし、新しく家庭を築いていく。みんなが忙しくても健康でHAPPYであれば、それはおばあちゃまやママだけでなく、家族みんなにとってもうれしいこと。でも、こうして距離のある所に住んでいると、一緒にいた時よりもさまざまなことを考えてしまう。私は、どうしたらいいのだろうかと。

スピリチュアルカウンセラーの江原啓之さんに「あなたは〝1人ガールスカウト〟状態。1人で先に先に物事を考え過ぎる。家族はあなたが必要であれば、あなたに助けを求めてくるから、それまではよけいなことは考えないように」と言われたけれども、やはり考えずにはいられない。

ベビーシッターさんがナツエを遊びに連れて行ってくれたので、シャルル・エドワードと2人でスーパーマーケットの『カジノ』に買い出し。すぐ横に時計屋さんがあるので、電池切れの時計類も持っていく。これで入院中の置き時計の準備も心配なし。

ランチはシャルル・エドワードが初めてのレストランを予約してくれて、そこに出かける。お店の人もとっても感じがいいし、雰囲気もいいのだけれども、味は…無難という感じ。悪くはないけれども、個性がないかな?

帰りにお花屋さんでハーブの鉢植えを買う。キッチンの外に置いておいて、必要な時に使えるように大切に育てよう。

2.28 mer　2月が終わる喜び

何とか2月を乗り切れた！　確実にべべ《赤ちゃん》は3月生まれで私達と一緒。もしかしたら、11日生まれになるかも…。ギネスブックに申請できるんじゃないかしら？　4人家族で3人同じバースデーって。昼間のゆりちゃんからのメールでも「パリは、あと11時間で3月になるね」と書いてあった。

ママが3月中旬にパリに来ることになっているけれども、おばあちゃまの体調が気になるようだったら先に延ばしてくれていいから…と電話で話す。ママが一番気持ちが楽な選択をしてくれた方がいい。夏にはみんなで東京に行くし。

でも、パリに来れば、短い期間でも携帯が鳴り続けることはないし、たっぷり寝て、気が向いたら子ども達と遊んで…。家のことや子ども達の世話をしてもらおうなんて全然思っていないから、体を休められるのにと思う。

シャルル・エドワードがビジネスディナーなので、1人で、かつおぶしたっぷりのほうれん草のおひたしと、ワカメたっぷりのおみそ汁、五穀米と白米のごはんでシンプルディナー。五穀米をゆりちゃんに頼んで送ってもらおう。美味しかった。

6年前に購入した『ネスプレッソ』のエスプレッソマシン。種類が様々ある専用のカプセルで作ります。

我が家のベビーカーは、日本製の『アップリカ』というメーカーの物。娘の時も同じメーカーの物を愛用。

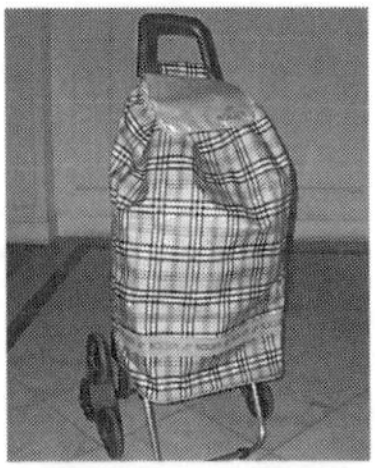

ドイツの『ロルサー』社のショッピングカート。タイヤが3つ付いていて安定しているし、段差もらくらくクリア。

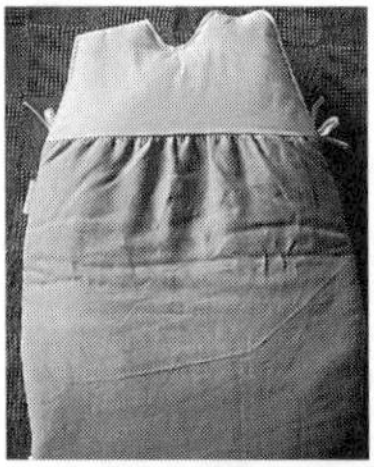

フランスでは「ジゴトゥーズ」というベベの寝袋のようなスリーピングバッグ。冬場もこれだけで十分に暖かい。

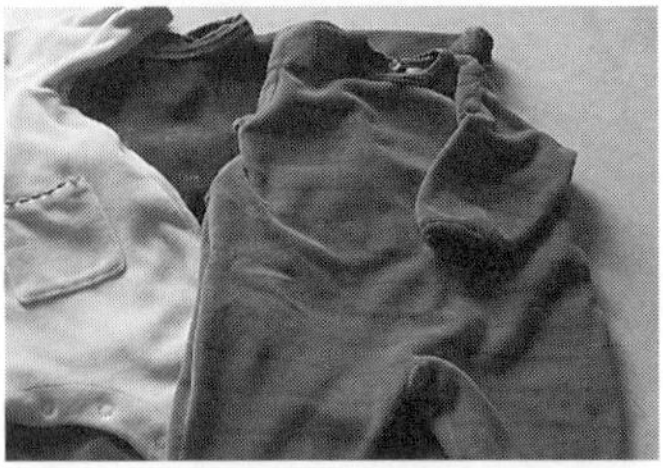

フランスのベベのパジャマ。後ろ開きです。夫の姪、甥、我が家の娘、息子と4代（？）に渡って着ているパジャマ。

息子の春夏用のブランケット。息子の服の色やその日の陽気に合わせて2種類を使い分け。朝晩や機内で大活躍です。

これは全部ミエル（ハチミツ）です。ミエル好きな私はいろいろな種類の物を買って食べ比べています。

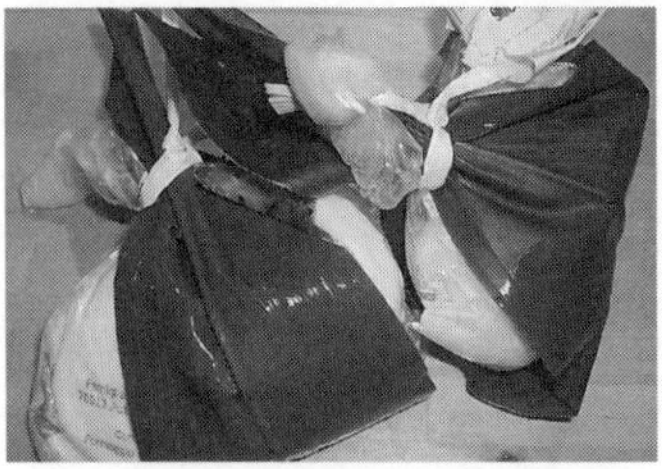

消え物ですが…。マルシェで買った期間限定のモッツァレラチーズ。美味し過ぎます…。

我が家のコレクション

ブログでも紹介している私やファミリー愛用の品々。自分が実際に使ってみて、これはいいと思った物は、他の人にも教えてあげたくなります。そばにあるだけで気持ちが和む愛らしい物、うれしくなる物を集めてみました。

カードがすっぽりと入る大きさのお財布。小さなバッグという感じでかわいいでしょ？

フランスの『ギャラリーアラカ』のクロスペンダント。日本では「ハニー」という名前の物。

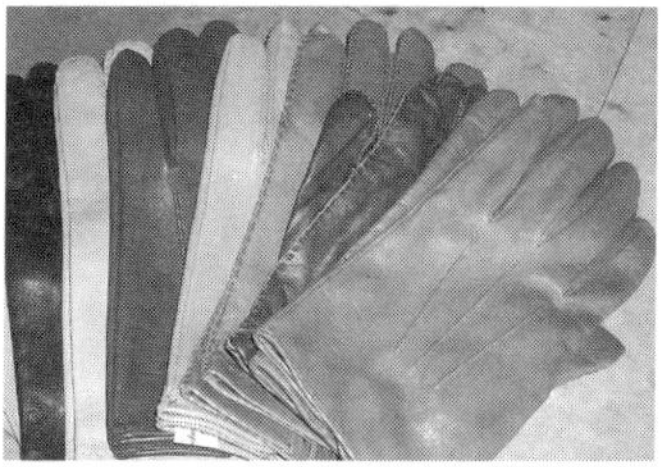

彼のグローブコレクション。色をジャケットの裏地や、シャツの色、ジャケットのボタンホールと合わせている。

『スプリングコート』というフランスのメーカーのスニーカー。今とっても気に入っていて、娘とお揃いです。

パネルを押すと歌が流れてくる音楽絵本。『うたおう！おうた』（ポプラ社）と『どうよう うたのえほん』（永岡書店）。こういうタイプはフランスの本にはないんです。

161ページのマギーとギヨームのプレゼント。「BOBO」というパンダの形をしたコレクションの1つ。

Column Vol.3

すべてが予約制の医療事情

忘れもしない、あれは5年前の3月。ほんの少し、湿疹のような物が出てしまい皮膚科に行こうと、友人のドクターに皮膚科のドクターを教えてもらったのです。

フランスは診察はすべて予約制。まずはrendez-vous（ランデヴ・予約のこと）のための電話をシャルル・エドワードがしてくれました。電話を切った彼が「エリコ、一番早くて9月6日だって」と。「えー!?　半年も先?」。冗談かと思いました。

今は大したことはないとはいえ、半年先にはひどくなっているか、治っているかのどちらかでしょう。改めて友人のドクターの名前を出して予約の電話をすると、「それでは1週間後の朝7時に来て下さい」との返事。ありがたいとはいえ、朝7時とは…。

初めて会ったその女性のドクターはとても穏やかで素敵な人。そして驚いたのが「服をすべて脱いで横になって下さい」と言われたこと。私の湿疹は足だけなのに。強い光を当てながら、私の体を頭の先から爪先まで丹念に診ていきます。特にホクロは丁寧に診ていました。日本でも皮膚科に行ったことはありますが、気になるところを診察してくれただけでしたから、こんな体験は初めて。欧米は日本に比べて皮膚ガンにかかる人が多いので、こうして全身をチェックするのでしょうか？

今、お世話になっている婦人科のドクターも初めて予約をした時、「3カ月後」と言われました。「あのお、今、妊娠していて…」「それは大変。では、明後日来て下さい」と。フランスは妊娠3カ月までに、ドクターから書類をもらい、必要事項を記入してセキュリティ・ソーシャル（社会保障）の手続きをするオフィスに送付しなければならないのです。この書類が受理された時点で、妊婦ということが認められ、妊娠、出産に関わる費用がすべて無料となります。自分で立て替えて、後で戻ってくるのです。

パリを離れている時に妊娠がわかり、日本で検査をし、大事をとって予定より1カ月長く日本にいた私は、すでに3カ月目に突入しようとしていたため、「明後日」となったわけです。フランスの医療制度はややこしくていまだによくわからないのですが、こうしたスペシャリスト（専門医）は医療費も高く、予約も取りにくく…。

もちろん健康であることが一番ですが、フランスに住むようになって「できるだけ、ドクターにはかかりたくない!」と切実に思うようになりました。本当に面倒くさいシステムなのです。

春の章

Le Printemps

3.3 sam …そして出産

フェルディノン（息子）生まれる!!

何という1日だったのだろう。まったく寝付かれず、ほぼ一睡もしないまま朝を迎える。妙に頭が冴えてしまって…いろいろなことを考えていた。仕事のこと、ヴァカンスのこと、東京の家族のこと、週末にやらなければならないこと、もちろん、出産のこと、ナツエのこと等々…。

明け方4時頃? シャルル・エドワードが突然はっきりとした口調で、しかも最初は日本語で「男の子が見える。5時8分、イレ ミニョン（彼はかわいいよ）」と話し出す。「一体、何の話?」と聞き返すと「べべ《赤ちゃん》が見えた、すごくかわいい…」と言ってまた眠ってしまう。3月3日は満月ということで、2日にニューヨークのマヌー（夫の姉）からも、「もしかしたら週末か週明けくらいかもね」と電話をもらっていたし、私も体が何となく変化している気がしていたから、シャルル・エドワードの夢にも、とても納得してしまった。

5時頃、ナツエが私を呼ぶ。彼が行って寝かし付けてくれる。

7時45分、ナツエの声でみんな起床。シャルル・エドワードはマルシェ《市場》へ行く準

この日の朝のパリの空。車の中から撮りました。

備完了。1人でマルシェへ。起きた時から何となくお腹に痛みを感じていたけれども、定期的に痛みが来ていることに気付く。月曜日に始まるナツエの幼稚園の準備を一応すませて、自分も仕度を始める。

今日は東京ではゆりちゃん（妹）宅にみんなで集まってあやの（妹の次女）の初節句とよしの（妹の長女）のひな祭り、弟の長男のバースデーパーティをやることになっていて、ちょうど集合時間の頃だったので、電話を入れる。「10分間隔くらいで陣痛が来ているみたい」と話すと、「2人目だから、早く病院に行った方がいいよ!!」とのこと。パソコン同士だと無料で話ができる電話システムの、スカイプとビデオでお話する予定だったのに…ごめんねと言って、電話を切る。

シャルル・エドワードに電話。すぐに帰って来るとのこと。その間に大体の準備をすませる。ベビーシッターが9時半に来るけど、その前には家を出なければならないから管理人さんのマダム・ブランの所にナツエを預けることに…。ところが、幸いなことにベビーシッターが早目に来てくれて、ナツエを託して9時半前に家を出る。クリニックに着いてからはあっという間。

サージュファム（助産婦）による検査の後、分娩室に入ったのは11時頃。そして、午後1時2分、出産!! 男の子!! 3470グラム、52センチ。またしてもナツエの

クリニックへ向かうSmartの中で撮影。

時と同じように、分娩の途中から涙が止まらなくなってしまった。もちろん痛いし、苦しいし…でも、そうではなくて、心や体の中から感情が溢れ出てくる感じ。

こんなに幸せを感じる瞬間ってあるのだろうか。何て温かくて穏やかで優しくて素晴らしいんだろう。生まれたばかりの息子を胸に抱いた時の気持ち。今回はドクターから注意をされていただけに、ちゃんとお腹の中にいてくれてありがとうという気持ちや、元気に泣いてくれたことのうれしさ、そばにいてくれたシャルル・エドワード、ドクター、東京のファミリー、とにかく、みんなみんなに感謝の気持ちで一杯だった。サージュファム達が何かしてくれる度に「メルシー」と言っていたら、「そんなにお礼を言わないで、当然のことをしているだけだから」と言われてしまったくらい。出産後、2時間ほど点滴をしたりして分娩室にいる。

ベベ《赤ちゃん》と入院のための部屋に上がったのは3時45分頃。すぐに授乳をしていると、シャルル・エドワードがナツエとベビーシッターを連れて入室。きれいなワンピースを着たナツエが、ベビーシッターがお祝いに買ってくれたチューリップの花束を抱いて入って来た時、我が娘ながら「何て、かわいい子!!」と思ってしまった(親バカ?)。あー、これからは4人家族なんだと、改めて自分の責任というものを認識する。

彼は、部屋にパソコンやスカイプを持ち込んで、早速作業開始。私もまったく問題なくスーツケースの中を整理したり、妊娠前と同じ動きができてしまって不思議。ナツエの時はかなり動きが鈍くなっていたから…。

でも、みんなが帰った後、さすがに疲れが出てくる。何ていう1日だったのだろう。2度目でも、前回の出産とはまったく違っていたし、予想以上にフェルディノンは大きかったし…。そして、ただただ幸福感に溢れている1日だった。

子どもを産むということは、愛情の幅が何倍にも大きくなって、いつもいつも笑顔になって、誰に対しても優しい気持ちになれること。今、横で寝ているフェルディノンを見ているだけで笑顔になって、すべての物が愛しく感じられる。

守るべき大切な存在が、また増えた。

3.6 mar 賑やかなフランスの産院

シャルル・エドワードが朝、クリニックに立ち寄り、書類を揃えて急いで出生届を出しに行く。

日本だと、たぶん自分の住んでいる地域に提出すると思うんだけれども、フランスは出産したクリニックのある地域の役所に出産後72時間以内に提出。だから、出産前に名前は付けておかなければ間に合わないし、私達のように性別をサプライズにしている人は少ないのよね。

夕方、彼がまた来てくれる。そして、ナツエの時と同じようにアルノーとアシルが白ワインとグラスを持って登場。フェルディノンに乾杯!! 私もひと口飲んでしまい…。そしてフェルディノンもシャルル・エドワードの小指の先に付いた1滴のワインを口に…。

こうやってフランス人は鍛えられていくんだなぁとしみじみ。クリニックの人達もこの様子を見ても微笑んでいるだけ。その後、シャルル・エドワードは、かなり疲れているみたいでフェルディノンと一緒に爆睡。しっかりと2人の写真を撮ってしまった。

3.7 mer　4日目にして退院

退院。お昼過ぎに家に戻って来る。私達が家に着いて、すぐあとにナツエが幼稚園から戻ってくる。フェルディノンを見て大喜び。すでにタクシーの中からお腹が空いていたので、すぐに母乳を飲ませる。まだ十分には出ないみたいだけれど…。

でも、人間の体って不思議。ナツエの時にはわからなかったけれども、今回はフェルディノンが母乳を飲む度に子宮が収縮しているのがわかる。キューッとした痛みがある。体ってこうして戻っていくんだと感動。

出産翌日の日曜日にゆりちゃんファミリーと、おばあちゃま（祖母）とママ（母）とスカイプで話をしていた時に、まだぽっこりしていた私のお腹を見て、ゆりちゃんに「江里ちゃん、すぐに補整用のガードル着けなきゃダメよ!!」と言われたけれども、着けないうちに、もう今日はほとんど出ていない。

ガードルを着けた方がいいのはわかるんだけど、きついんだもの。お腹も体重もほとんど戻ってしまった。フェルディノンが寝ている間にナツエと公園に行く。もちろん、ベビーシッターも一緒に…。ナツエがうれしそうにみんなに「私のママよ」とフランス語で話していた。

そうよねぇ、1月中旬からほとんど一緒に外に行くことがなかったから。しばらく一緒に遊んでからベビーシッターにお願いをして、私は家に戻ってくる。

3.8 jeu　幸せな朝のひと時

いつものようにナツエが私達のベッドにぬいぐるみ達を連れて来た。そして、今朝からここにフェルディノンが仲間入り、部屋に入って来るなり、ナツエは「イレウ　べべ《赤ちゃん》？（べべはどこ？）」と。

フェルディノンも私達のベッドに連れて来て、みんなで並んでみる。ナツエはフェルディノンにキスしたり、手や足を触ったり…。フェルディノンはお腹にいた時からそうだけど、ナツエの声によく反応する。本当に何とも言えない幸せのひと時。

今日は幼稚園を休ませて、シャルル・エドワードが「サロン・ド・アグリキュルチュール（農産物の展示会）」にナツエを連れて行ってくれた。ニュースでは知っていたけれども、私もまだ行ったことのない展示会。牛や馬や豚といった家畜がたくさんいて、子どもでも楽しめるみたいで、ナツエも帰って来るなり、「ヴァシュ（雌牛）、シュヴァル（馬）…」と大騒ぎ。平日でもものすごい人らしい。週末はもっと大変ということで、彼は今日出かけることにしたよう。

私はまだフェルディノンのペースがつかめていないけれども、とてもよく飲み、よく寝て、お腹が空いた時にしか泣かないことはわかった。お腹が空いても、最初はフニフニ言っていて、次には近くにある人形やタオルをしゃぶって我慢。それでも耐えられなくなると泣き出すという感じで、今日は泣き出すまで待ってみた。結局、今日、大きな声を聞いたのは1回だけ。

クリニックのサージュファム（助産婦）も「本当にいい子ね」と言ってくれたし…。たぶん、神様が私が無器用なことを知っていて、良い子にしてくれているのだと思う。

3.10 sam 母乳で育ててます

次々と友人達がフェルディノンに会いに訪ねてくる。私が母乳をあげていると言うとみんな驚くし、逆に私にとっては母乳をあげずにすぐに粉ミルクをあげている人達が意外と多いことに驚く。フランスの良いところは、こういうこと1つとっても、女性にとって選択肢が多いことだろう。母乳をあげたくなければ、粉ミルクがある。そのことで周りの人達が、その女性に対して何か言うことはない。そして、出産後から粉ミルクをあげている友人の何人かは最初の1、2カ月、プロの人を雇ってべべ《赤ちゃん》の面倒を見てもらっているよう。その間、母親はゆっくり体を休められるし、粉ミルクなので夜中に起きる必要もないし…。

友人のソフィーは病院にいると、べべ《赤ちゃん》の面倒をすべて見なければならないから、夜も眠れないけれども、家に戻ればそういう人（ベビーシッターというのかしら？）がいるから、ゆっくり休めるし、夜も眠れると言っていたものね。だから、1日も早く退院したい、と。まあ、私は母乳だから関係がない。日本にもこういうシステムってあるのかしら？

38回目のバースデー

今日はシャルル・エドワードと私のバースデー。彼は36歳、私は38歳になりました。そして今日は家族4人で迎える初めての日曜日。別にいつもと同じ過ごし方だけれども、フェルディノンが仲間入りしたこと、それだけで、この日曜日がとてもとても違っていた。

どこかに食事にでも行ければ良かったのだけれども、やはりまだ家で静かにしていた方がいいということで家でランチ。去年の37歳になる時は、どうしてだかわからないけれども、1歳年を重ねることがとてもイヤだった。私のこれまでの人生の中で、年を重ねることをマイナスに受け止めてしまったのはたぶん初めてだったと思う。だって、私の目標は常に「50代をキラキラ輝かせる」ことだから。

今年は、不安に思う間もなく38歳になり、「う〜ん38という数字もなかなかいいな!!」と思えている。38歳は、もっと大人の女性になれているはずだったのに、実際の自分はまだまだ未熟。勉強も足りないし、さまざまな経験も不足しているのだろう。

今年は子育てに追われる1年になるのは確実。フランス語の学校も先延ばしかな? でも、できるだけ本を読んで、そして語学はナツエと一緒に勉強していこう。

シャルル・エドワードのファミリーや東京のファミリー、友人達からたくさん電話やメールが入る。ママは15日にパリに来るとのこと。楽しみ。

3.15 jeu

ママ、パリへやって来る！

ママ、パリ着。ナツエはママを見るなり、ママの愛称「ミーマ!! ミーマ!!」と大はしゃぎ。ママもとっても喜んでいて…良かった。

21日にはパリを発つから、短い滞在だけれども、少しでも体を休めてのんびりしてくれたらうれしい。頼んでおいたサランラップ全サイズと洋服の防虫カバーを持って来てくれる。やはり、こういう物は日本の物が一番!! ナツエはおせんべいを見付けてポリポリ食べている。フェルディノンがとても静かにクラシックを聴いていい子にしているので、ママは驚いていた。

3.17 sam

ママと一緒に幸せな日常を感じる

ママ、シャルル・エドワード、ナツエの3人でマルシェ《市場》へ買い出しに。ママは昨日からマルシェに行くのを楽しみにしていたのよね。フェルディノンもよく眠っていたから、私はその間にゆっくりお風呂に入る。

プルーン好きのママはプルーンがあまりに美味しいから、マルシェでたくさん買い込んで来た。果物や野菜が元気が良くて、新鮮で、あれもこれも買いたくなってしまったようだけれども、その度に彼に「そんなに食べられません」とか、「これは、今はシーズンではないから…」と止められてしまったとか。

今日はママとおしゃべりをしながら、りんごやら、にんじんやら、じゃがいもやらの皮むきをする。私達がいつも使っている皮むき器を渡すと、「これ、どうやって使うの?」と。

確かに東京の実家で使っている皮むき器と少しタイプが違うのよね。本来だったら、サッサと早くむけるのに、かなり時間がかかっている。包丁の方がいいみたい。でも、この皮むき器、日本にもあるよね?

ちょっとでも時間があると、子ども達と遊んだり、おしゃべりをしているから、メールのチェックや東京にかける電話のタイミングを逸してしまう。でも、ママにとってはもちろん、私達にとっても、貴重なひと時。

ママはいつも忙しくて、東京の孫達とも1日中とか何日にも渡って一緒に過ごすことがないから、今回は、毎日フェルディノンを抱っこしたり、オムツを替えたりできてうれしいみたい。「木曜日（着いた日）よりも、また大きくなったんじゃな

文章中に登場する、噂の「皮むき器」はこんな感じ。

い?」と昨日も今日も言っている。

確かによく飲むから…顔がふっくらして、はっきりしてきているし、体もしっかりしてきているのがわかる。

3.20 mar　母の想い、娘の想い

先週の天気予報の予想通り、日曜日から急に寒くなり、お天気も不安定。

今日、ママは少しイライラしていたよう。一体、何にイライラしていたかというと、「自分がこうしてパリに来ているのに娘のために何もしてあげられない。何のために私はパリに来ているのだろう?」と思ってしまっているみたい。私が「最初からママに手伝ってもらおうなんてまったく思っていないし、いつも言っているようにパリには孫達と遊んで、そしてのんびりして、たくさん眠ってもらうために来てもらっているのだから…」と、怒りながら言うと、少し気持ちもおさまったようで良かった。

たぶん、ママが想像していた以上に、私が家のことやそれ以外のことで動いているから、心配になってしまったんだと思う。でも、これでも気を付けていつもの3

分の1くらいの動きだし、普段よく動いているから体は慣れてしまっていて、まったく苦にならないというのも事実。

明日にはママは東京へ帰る。2人でゆっくり話す時間があまりなかったし、どこにも連れて行ってあげられなかったから、明日は近くのカフェでお茶くらいできるといいなあ。

3.21 mer　ママが帰国する

ナツエの幼稚園はお休み。朝から家の中は大騒ぎ。東京の仕事場や家へのお土産を何にするかママはずっと考えていたようだけれども、本当に今の日本には何でも揃っていて、チョコレートとかでは喜んでもらえないだろう。かといって、ゆっくりお土産を探しに行く時間もなく、結局また、マルシェ《市場》でプルーンなどをかなりの量、買い込んだよう。

ナツエとフェルディノンの昼寝中にママが覗かなければならなかったお友達のブティックとヴィクトル・ユゴー通りの子ども服のお店の『ドゥ　パレイ　オ　メーム』

（13ページ）だけは何とか行ってきた。ベビーシッターに、「もしフェルディノンがお腹が空いたら、すぐに電話を下さい!!」と頼んで、ちょっとドキドキしながらの外出。

ママと2人、愛車に乗って久し振りに2人だけの時間。一緒にお土産の子ども服を選んだり。でも、あっという間に午後2時過ぎ。ベビーシッターから電話はないけれど、急いで家に戻る。ナツエもべべ《赤ちゃん》もまだ爆睡中。

ママは急いで仕度をしてナツエを起こす。ナツエは「ミーマ、ミーマ、モア・オシィー（私も）」と、一緒に出かけようとして大泣き。私はナツエを抱きかかえ、結局シャルル・エドワードがママと一緒にタクシーのところまで行ってくれた。でも、こんなふうにバタバタとしていないと、またいつものように私は泣き出すだろうから、これで良かったんだわ。

シャルル・エドワードは「どうしてあなたは僕と離れる時は大丈夫なのに、あなたのファミリーと離れる時には泣くの?」と言う。別に今生の別れではないけれども、ファミリーがパリに来ていて、東京に戻る時には本当にいつも胸が苦しくなって涙が出て来てしまう。私が東京からパリに戻る時は大丈夫なのに…。

ママ、機内でちゃんと眠れているといいなあ。成田からそのまま仕事場に向かうから。

3.22 jeu　子育てと躾と

ナツエが幼稚園に行っていると、我が家の静かなこと。そして家に来る人みんなが口を揃えて言うのが、「とても新生児がいる家とは思えない」。他のべべ《赤ちゃん》達のことはわからないけれども、確かに泣くのは、お腹が空いた時だけ。日に日に顔がプクプクしてきている。

夜、シャルル・エドワードの、ロシアにいた時の友人夫妻がフェルディノンに会いに我が家へ。まったく私はフランス人の名前が覚えられない。シャルル・エドワードに「ロシアにいた友達で、5人子どもがいるカップル」と言われてようやくわかる。もう何度も会っているのに…。彼女の方は前回会った時よりも、かなりやせて髪型も変えていて、ずいぶんと雰囲気が違っていた。ただ、とても疲れているようで、話をしていても今にも目が閉じちゃいそう。

気になったのは、以前は「5人子どもがほしかったのは私」とか「子どもがたくさんいるのは楽しいわよ」と言っていたのに、今晩は「うーん、すごく大変で疲れる」とひと言。一番上が10歳の男の子で、一番下が3歳の女の子。私には5人子どもがいる生活はまるで想像がつかない。2人でも時々、うわぁーどうしよう!! と思うことがあるくらいだから。別の5人子どものいる友人カップルも、朝、同じ時間に3カ所の幼稚園や学校に連れて行かなければならないと言っていて、驚いたことがあったっけ。この間読んだ、参議院議員・川口順子さんの著書の中にあった、「子育てはマネージメント」という言葉を思い出す。

20日の火曜日の夜は、ママとシャルル・エドワードと食事をしながら、子育てや躾《しつけ》についてずいぶんと長く話をした。子育ては1人でできるものではないし、周囲の協力も必要。そして子育てには〝これが正解〟〝これがお手本〟というものもないだけに、子どもに関わる人達がお互いに意見をかわし、自分達の方向性を決め、役割分担をしなければならないのだろう。

まだ3歳になっていないナツエのことだけでも、いろいろと考えることがあるのだから、もっと大きくなって、もっと自分の意志を持つようになった子ども達と関わるのは、楽しくもあり、思い悩むことも多々あると思う。

友人夫妻とは、今度一緒に週末を過ごしましょうと言って別れる。

お祝いにフェルディノンにいただいた茶のカシミヤのセーターとカーキのパンツがとてもシックで素敵だったので、アドレスをしっかりとメモ。今度お店を覗いてみよう。

3.25 dim　オスカー行方不明事件！

フェルディノン、初めてレストランへ。私も出産後、そして1月中旬のドクターからの注意以来、初めての日曜日のランチへ。いつものレストラン『ラ・ガール』なので気分は楽。授乳も最悪の場合、昼間は人のいないバーカウンターの奥でできると思ったから…。

娘が撮影した3連続写真。どんどん腕前を上げているような気がするのは親バカ？

ランチの後、初めて4人で近くの公園へ。マリオネットの小屋が再開していたので、観に行く。人形の問いかけに子ども達が必死に答える様子がすごーくかわいい。ナツエも大声で答えたり笑ったり…。冬の間はお休みをしていたから、最後に来たのは確か昨年の10月くらいかな? 不思議と今までの中で一番人形劇のセリフがよく理解できた。私の語学力がアップしたのかしら?

それから広場のシーソーやすべり台でひと通り遊んで、我が家へ。ところが、ここで大事件発生。家に着いてすぐにナツエが「オスカーは?」と(オスカーはナツエがべべ《赤ちゃん》の頃から、いつも一緒にいる白くまのぬいぐるみで、数あるぬいぐるみの中から、いつのまにかナツエが選んでいて、後にシャルル・エドワードがオスカーと名付けたもの)。

見当たらない。バッグの中にフェルディノンのベビーカーの中にも…ない。シャルル・エドワードと私は真っ青。彼が、まずレストランに電話をして、見付けたらとっておいてくれるように頼んで、車でさらにレストランや公園に探しに行ってくれる。オスカーが見付からないことにナツエがいら立って、足をバタバタさせたり、すごい勢いでぐずり出した。私もナツエを叱りながらも、彼女の様子を見ていると涙が出て来そうになる。

彼が「オスカーは旅に出かけたよ。もしかしたら明日、戻って来るかもしれないけれども、もしかしたら、ずっと戻って来ないかも…」と帰って来てナツエに話すと、「オスカー!! オスカー!!」と聞こうとしない。

ついに私が泣き出してしまった。

「ごめんね、ナツエ。ママがちゃんと見ていなかったから…」

シャルル・エドワードがもう一度探しに行ってくれることに。ところが、すぐに戻って来て…手にはオスカーが!! アパルトマンのある通りに車を駐車していたのだけれども、車のすぐ横に落ちていたらしい。

本当に心からうれしかった。見付かって…。ナツエが片時も離さず、夜もこの2年ちょっと、いつも一緒に寝ていたから、今晩からどうなるのだろうという不安もあったし、それ以上にナツエとオスカーの歴史を思うと、こんな形でなくしてしまうのは、とてもとても悲しかったから。

でも、いつかはナツエがオスカーから卒業しなければならない日が来るのよね。自然と離れていくことができればいいのだけれど。

南仏の大好きなホテルの朝食とレストラン

今、サン・ポール・ドゥ・ヴァンスのホテル『ラ・コロム・ドール』にいます。

4日にフェルディノンに会うため、出張の帰りにパリに立ち寄ってくれた弟が、5日の午後には東京へ戻ってしまい、さみしいなあと思っている余裕もなく、その夜には我が家で12人のディナー。

シャルル・エドワードの仕事も絡んだディナーなので、彼がちょっぴりピリピリしていて、思わず私も意地悪なことを言ってしまう。「そんなにストレスになるくらいだったら、レストランに行った方がいいんじゃないの?」と。欧米では、自宅にビジネスの人達を招くのが一般的だし、招かれたことによって、招待された人は、ホスト、ホステスは自分のことを大切に思ってくれているんだなと感じるよう。それが大事なのはよくわかるけれど…。

夜9時頃から、みんな集まり始めて、終わったのが午前1時半過ぎ。できるだけ片付けをしておかないと次の日困るので洗い物をしたりしていたら、ベッドに入ったのが明け方の3時近く。急きょサン・ポール・ドゥ・ヴァンスに週末行くことになったから、まったく荷物も作っていなかったので、せめてディナーの後片付けく

ラ・コロム・ドール
[La Colombe d'Or]

ピカソ、シャガール、マチスなど、多くの芸術家に愛されたホテル。意味は『金の鳩』です。
住：06570 St-Paul-de-Vence
TEL：33 4 93 32 80 02

らいはしておかなければと必死だった。

6日はナツエの3歳のバースデー。夕方の便で南仏に行くので、ナツエが幼稚園に行っている間に大急ぎで荷物を詰める。まだ1カ月のフェルディノンを飛行機に乗せるのは少々不安があったけれど…。じつは今回パパチャン（夫の父）、ママチャン（夫の母）には何も知らせずにサプライズで来ています。夫の両親の友人のキャトリーヌに、シャルル・エドワードが朝、電話を入れて、彼女が2人を『ラ・コロム・ドール』のレストランに招待し、レストランにパパチャン達が着くとじつは私達4人が待っている!! という趣向。

2人とも、とっても驚いて、とっても喜んでくれてママチャンは今にも泣き出しそうだった。ナツエも頑張って起きていて、一緒に食事をして、大好きなアイスクリームに3本ろうそくを立ててもらって、ハッピーバースデーの歌とともに、照れながらろうそくを吹き消していた。ナツエにとっても、ママチャン達にも、一緒にお祝いできた素敵なバースデーだったと思う。

あーでも、何てあわただしい1日だったのだろう。とても疲れた…。

そして、今日。私は、やっぱりホテルの朝食大好き!! しかもお天気が良いから、外で青い空と鳥の鳴き声に囲まれて、真っ白なのりのきいたテーブルクロスに並べられたコーヒーカップや、パン…。

カゴに入った数種類のパンや大きなカフェ・オ・レのカップは、見ているだけでも幸せな気分になってしまう。ナツエがいつものように朝の7時には起きてしまったので、7時半過ぎにはホテルの中庭へ。フェルディノンのために少し日陰のテーブルへ座り、顔なじみの女性が大きなお盆に朝食セットをのせてやって来るのを、ウキウキしながら待つひと時。大好きな時間。

その後ナツエとシャルル・エドワードは屋外にあるプールへ。水温は27度に保たれているということだけど、私には冷た過ぎる。元水泳部員としては情けないけれども。ランチはキャプダンティーヴの『プラージュケラー』へ。久し振りに友人のヤンとローランスとランチ。『プラージュケラー』は、私達が結婚式のパーティをした場所。それ以来、レストランのオーナーとは仲良しになり、手紙をやりとりしたりのお付き合いが続いている。

4月だというのに、すでにビーチには人がたくさんいて、さすがに海に入っている人はいないけれども、日焼けにいそしんでいる人達で一杯。私なんて、靴下をはいて、セーターを着て、マフラーを巻いているというのに。ディナーは、ナツエを寝かせてから、フェルディノンを連れてホテルのレストランへ。もちろん、いつも

2001年9月15日の私達の結婚式当日。右の写真はサン・ポール・ドゥ・ヴァンスの街中を歩いて教会に向かう父と私。

のピカソの絵の下でのディナー。この席は私が初めてシャルル・エドワードの実家に遊びに来て、これまた初めて『ラ・コロム・ドール』を訪れて、2人でディナーをした時に座った席。今から、9年前のこと…。

その数年後には、私のファミリーがみんなサン・ポール・ドゥ・ヴァンスに来て、このレストランで年越しディナーをしたんだなあ。その時、ママがエディット・ピアフの『愛の讃歌』を日本語で歌って、レストラン中のお客さまから大喝采を受けたんだったわ。今でも、レストランの人達に「お母さまは?」と聞かれるくらい。そうだ、パパ(父)もここで大酔っぱらいしたなあと懐しくなる。

4.10 mar ナツエも今日から朝ごはんを食べます!?

パリに戻って来た。

ナツエは幼稚園が春休みになったので、ずっと私達と一緒。そして今日からはナツエも私達と同じように朝食をとることに。小児科医から、「3歳までは、朝食は3歳までの子ども用のミルクをあげるだけでいいけれども、3歳からは、普通に朝食をとらせて下さい」と言われている。

日本には、たぶん、子ども用のミルクってないのよね？　日本に行った時にナツエのために探したけれども、粉ミルクしかなく、普通のミルクを飲ませていたもの。本当は、毎朝、ちゃんと焼きたてのパンを買ってきたいのだけれども、今は、ちょっと難しいから、パン・ドゥー・ミー（食パン）で我慢してもらおう。あとはミルクやヨーグルト、果物があれば十分よね？

4.11 mer 子ども達が羨ましい…

ナツエを久し振りにマネージュ（メリーゴーラウンド）に連れて行く。10時半に着いたら、まだ準備中…。「何時からですか？」と聞いてみると「5分後には大丈夫だよ!!」と。車の中で開始を待つ。

マネージュは1回2ユーロ。ナツエは何回も続けて乗りたがるし、また来るからと13回分15ユーロのチケットを購入。とてもお得！　窓口の男性が私達のことを覚えていて、チケットを2枚、おまけにくれる。こんなちょっとした親切がうれしい。最初の1回は、大きなマネージュにナツエ１人だけ。少し照れくさそうな顔をしている。

今年になって初めて乗った時には、私がそばに付いていなければならなかったのに、今は1人で大丈夫なのを見ると、子どもの成長の早さに改めて驚く。今は春休み中だから、途中から続々と親子連れがやって来る。

場所柄、観光客も多いのだろう。さまざまな言語が耳に入ってくる。そうだ…スペイン語を勉強しようと思って、本を買ってそのままになっているんだっけ。今年中に少しは話せるようになりたいなあ。ナツエとフェルディノンは、どう考えても、最低3カ国語——フランス語と日本語と英語——は話せるようになるんだと思うと、羨ましい。

4.13 ven　パリの猛暑はまだ続く？

友人のフランクとスィゴレーヌのマリアージュシビル（役所に届ける民事上の結婚）が今日のはずだったけれども、延期になる。今日も快晴、パリの気温は27・8度くらいまで上がったらしい。でも、朝晩はほんの少し冷える感じで、窓を開けているととてもとても気持ちがいい。まさに夏の陽気だけれども、ここ数年の夏の暑さは異常だから…。今年の夏は、こんな感じだと快適なのになあ。パリに来たばかりの頃は、夏でもわりと涼しく、寒がりの私は朝晩は大判ストールや革のジャケットが手放せなかったほど。でも最近は、息苦しい暑さで、大判ストールなんて必要なし。一般家庭にクーラーなんてないし、暑さのせいで亡くなった方が多かったというのも、納得してしまうほど。確か昨年、私達が日本にいる時にアパルトマンの管理人さんに電話したら、室温は42度くらいになっていると言っていたのよね。

２００３年の猛暑以来、ブティックやカフェやレストランでもクーラーを入れる所が増えたし、一般家庭でも入れるようになったらしいけれども、日本のように壁にすっきりと取り付けられるわけではないから、大変。小さなお店の中に大きいクーラーがデーンと構えていて、そこから太いチューブが出ていて、窓や扉のすき間というより扉を開けて外に飛び出している感じ。多くのアパルトマンが室外機を置けるほどのスペースのテラスがないから、しようがないのだけれども…。

今年の夏は一体どうなるのだろう。

4.14 sam

ノースリーブで快適な気候の日

夕方過ぎ、思い付いてナツエとフェルディノンを連れて、家族４人で近くのカフ

我が家のアパルトマンの中庭に
咲いているお花。

ェへ。ナツエはすでにパジャマを着ていたけれども、ノースリーブのワンピースに着替えて出かける。

シャルル・エドワードもTシャツ1枚、私もノースリーブのワンピース。夜7時とはいえ、昼間のように明るく…そして暑過ぎないので気持ちいい。カフェのテラス席の日陰に座る。おとなりにも4カ月の女の子を連れたカップルがいて、しばし、一緒におしゃべり。とってもよく笑うかわいい女の子。

夜7時半には寝る習慣のナツエも今日は特別。8時過ぎまでカフェにいる。まだまだ明るい。思いがけず4人でカフェに来ることができて、とてもうれしかった。こうして、これから週に1回くらいは、夜、カフェにのんびりと4人で来ることができたらうれしいのに…。夏の間はナツエの寝る時間も8時~8時半くらいにしてもいいかもねと彼と話す。

4.15 dim

フランスのテレビ番組制作の参考は日本!?

いつものように『ラ・ガール』でランチ。今日のメンバーはアン・シャーロットとローラン、サンドリンと娘のオランプ（4歳半）、パトリスと息子のフェリックス（5歳）、ガスパール（3歳）、そして、我が家のファミリー。

またまた夏のようなお天気で、レストランもすべてテラス席に。人数が多いわりにパラソルが小さくて、かなり日当たりの良い席。子ども達はあまり日に当たらない方がいいので、大人の半分が強い日射しを浴びることに。アン・シャーロットやサンドリンもそちらの方に座ってくれたので、「フランスの女性は日焼けが好きよね」と言うと、「でも、最近は気を付ける人が増えているのよ。私も、今は日に当たっているけれども、いつもは気を付けているわ」と2人からの返答。

そうかぁ、美白とまではいかないけれども、みんな気を付けるようになってきたのね。『ラ・ガール』は日曜日には、アニメトリスという子ども達の相手をしてくれる人がいて、子ども達も自分の食事が終わった後、楽しめるからいい。いつもは「ママン、ママン」と私と一緒でなければ遊びに行きたがらないナツエが、今日初めて、自分から遊びに行って、なかなか戻ってこなかった。

子ども達4人が顔にペインティングをしてもらったり、手品を見たり、お絵描きをしている様子はかわいい。私達がカフェを飲んでいる頃には、私達の席の近くで4人で追いかけっこをして、デザートを食べるのを忘れるくらい夢中になっていた。

レストランの後は、いつものようにマリオネット。そして、その後は公園へ。みんなブランコに乗りたがったので、乗せる。2人乗りの、かなり古いブランコ。しかも1回1ユーロ、5分と決まっている。ブランコでお金をとるなんて本当に不思議。ただ、つねに大人がそばにいて、子どもがむやみに動いているブランコに近付かないように気遣ってくれているわけだから…そう考えると、当たり前か。

子ども達は結局5時間近く、ノンストップで遊び…ナツエも家に戻って、お風呂に入って、軽く食事をしたら、「ドド、ドド（ねんね、ねんね）」と早くベッドに行きたがった。

そうそう、アン・シャーロットはテレビ制作の会社で働いていて、最近も日本のテレビ番組のゲームについていろいろ調べていたとか。何でもフランスのテレビ番組のゲームとか遊びのアイデアの多くは、日本の番組を参考にしているのだという。

4.18 mer

小さいことにも幸せを感じる日々を

フェルディノンのパスポートの申請に役所に行く。すでにシャルル・エドワードが書類に必要事項は書き込んでおいてくれていたので、後は写真を撮るだけ。役所の人からすすめられた、役所のすぐ近くにあるフォトスタジオに行く。

これが、5分1ユーロのブランコ！

赤ちゃんの証明写真も上手に撮ってくれるという話だったので、感じの良いおじさんが上手にあやしながら撮ってくれるのかと思ったら、出て来たのは無愛想な女性。彼女の技術もいいのだろうけれど、要は、撮られる方のポジションの問題。丸椅子に片足をかけて、その足のももの上にべべ《赤ちゃん》をしっかり乗せて、首の後ろを片手で押さえておく…。なかなかいい写真が撮れてうれしかった。

役所では手続きカウンターの所に女性がいて、彼女が番号札を渡す際に、書類に不備がないかチェックをしてくれる。残念なことに私の身分証明書がなく、出直すことに。出かける時に必要かな？と思いつつ、まあシャルル・エドワードのパスポートがあれば大丈夫!!と勝手に思い込んだのがいけなかった。でも、この女性がとっても親切だったので、出直すのもイヤでない。

たぶん、明日も良いお天気だろうから、散歩がてら、フェルディノンとまた来よう!!と、逆に楽しみになってしまった。2週間でできるから、日本行きにはちゃんと間に合うし。

帰りにパン屋さんに寄って、バゲット購入。このパン屋さんでいつも買うタイプのバゲットだけど、いつもよりも美味しそうで、歩きながらつまんでしまう。シャルル・エドワードも、「どこの？」と、尋ねてきたから「『カイザー』のよ」と言うと、「美味しい!!」と。

バゲットがいつもより美味しいだけで、幸せな気分。

4.19 jeu

パスポートには目の色を記入

ナツエが公園に出かけた後に、フェルディノンと役所へ。私とフェルディノンが2人で出かけるところを見たら、ナツエが悲しむかな? と思って。よけいな気遣いかしら? 午前中だったから、昨日より人が少ない。書類の中に身長を書くところがあって、そこが抜けていると受付の人に言われ書き込む。手続きカウンターでは、フェルディノンの目の色を聞かれる。一応「茶」と答える。

確かにシャルル・エドワードのパスポートにも、目の色が記入されていたっけ。日本人のパスポートではあり得ないこと。引き取りは私の身分証明書と引き換えチケットを持ってくれれば、私1人でもOKらしい。ナツエのパスポートを日本大使館で作った時には、ちゃんと本人がいなければいけないということで連れて行ったのに(…と思っていたら、やはり本人確認は必要で、後日、一緒にピックアップに行きました)。

子どもを連れての外出はバッグの中がこんな感じ。

役所からの帰り道、フェルディノンがよく寝てくれているので、少し回り道をして、3カ月振りくらいに『スターバックス』に行く。たくさんの量のカフェ・ラ・テが飲みたかったから…。

カフェ・ラ・テを飲みながら、原稿を1本書く。やっぱり、家だと、どうしても他にやることがあったり、子どものどちらかのことをやっていることが多いから、なかなか集中できずに、書くのに時間がかかってしまうけれども、外だと、わあーっとすごい勢いで書けてしまう。気分が少し楽になる。

4.20 ven

ナツエの規則正しい体内時計は私の自慢

昨日からブルターニュに仕事で行っていたシャルル・エドワードから電話。夜7時頃…。ちょうどオルリー空港に着いて、家に着くのは7時半頃になるけれども、お天気が良いから、またみんなで近くのカフェに行こうと。

ナツエはまったくお昼寝をしていないからとても疲れていて、早く寝かせようとすでにパジャマに。そろそろベッドに連れて行こうと思っていたところだったので、少し迷ったけれども、ワンピースに着替えさせて、彼を待つことに…。結局、帰っ

フランスの国籍事情

フランスは、両親のどちらかがフランス人であれば、自動的にフランス国籍を与えられます。伝統的に数多くの移民を受け入れて来たこともあり、二重国籍も容認されているのです。ただし、もう1つの国が二重国籍を認めていない場合は、子どもが一定の年齢に達するまでに、どちらかの国籍を放棄する必要があります（ちなみに日本は二重国籍を認めていません）。

て来たのは、夜の8時頃。急いでカフェに行く。お天気は良いけれども、金曜日ということもあって、人は少ない。先週「週1回みんなでカフェに…」と言っていたのが早速、実現してうれしい。でも、9時近くになるとナツエが「ママン、ドド（ママ、ネンネ）」と。

帰って来て、歯を磨いて、すぐに寝てしまう。最近は、日本でもフランスでも子ども達が遅くまで起きているという。みんな、それぞれに事情があると思うけれども、絶対に子どもは早く寝た方がいいし、寝る時間をきちんと決めた方がいいと思う。

ナツエを見ていると、なかなかベッドに行きたがらない日もあるけれども、「今日は特別」と、ノエル（クリスマス）や年越しなど、遅くまで起きていたとしても、かならず9時頃には、私に「ドド」とサインを送ってくる。体のリズムが早寝早起きになっているのだろう。

そして毎朝かならず7時前後に、「ママン!!」とナツエの部屋から声が聞こえてくる。目覚ましいらず…。

子育てについて、まだまだ私は語れないけれども、このナツエの生活リズムは、ちょっとは自慢できるかしら？

Column Vol.4

子どもの生活時間について思うこと

我が家では、3歳半の娘は夜8時に、8カ月の息子は夜6時半〜7時に寝ます。数カ月前までは7時半にはベッドに入っていた娘も、今はさすがに7時半は早過ぎるみたいです。

日本では子どもの夜更しが問題になっていると聞きました。フランスでももちろん、同様の問題はあるようですし、実際に友人達に話を聞いてみると、「子どもと一緒にサッカーの試合をテレビで観ていた…」(ちなみにこちらでは、サッカーの中継は夜8時45分頃から開始)ということもあります。なので、我が家の子ども達の就寝時間は「ブラボー!!」とほめていただくことが多いです。

娘も息子も、離乳食が始まり生活のリズムができてきた6カ月頃から、就寝時間を定めることをスタート。娘の場合は、「今夜から7時半に寝かせよう」と決めた日から3、4日は、ベッドに入れてから長い時間大泣きをされて、私達の方がその間、「もう、やめよう」と何度も部屋の前まで行きました。けれども、ある時から、ベッドに入れると寝なければいけないとわかったのか、すぐに寝るようになりました。息子は今日から…と決めた日から、まったく問題なく眠ってしまい助かっています。

でも生活リズムって寝る時間だけではないと思うのです。起床、食事、お昼寝等々。もちろん、その時の状況で例外はありますが、私自身は基本的に決めた時間を崩さずにやっています。

そして、この3年半、このリズムを崩すことなく続けられたのは、たぶんフランスがベビーシッターを頼みやすいという環境も大きいのではないかと思っています。日本だと、子どものお昼寝の時間だけれども、用事があるから出かけなければ…という時は、やむを得ず、一緒に連れて行かなければならないのではないではないでしょうか。フランスの場合、その間、ベビーシッターを比較的気軽に頼むことができます。夜の外出の場合でも同じです。

さらに、日本とフランスの大きな違いは、生後すぐから、子どもは両親とは別の部屋で寝るのが一般的ということがあると思います。日本の「親子が川の字になって寝る」という話は、「えー!?」と驚かれ、盛り上がるテーマの1つになっています。

4.21 sam マギー・チャンの素顔はしっかり者のお姉さん

マギー・チャンとギヨームを迎えてのディナーの準備をしているところ。少しボケていますが、ナツエが撮影！

シャルル・エドワード流、「ハーブ風味の仔羊のロースト」を作っているところです。

夜、友人のマギー・チャンとギヨームが訪れてくれ、我が家でディナー。何と、2人が私にプレゼントを…。「みんなベベにプレゼントするけれども、一番大変なのはママだから、ママに…」と言って、ギヨームのブランドのネックレスをくれる。『キーリン』というブランドで名前は「BOBO」というコレクション。出産のお祝いで私にプレゼントなんて、初めてだから、とてもとてもうれしい。

マギー・チャンは、当たり前だけど、映画とはまったくの別人。しっとり、しなやかというより、シャキシャキお姉さん。明日の大統領選挙や政治のこと、日本のマーケットのこと、パパラッチのこと…さまざまな話題で盛り上がる。もしかしたら、8月、同じ時期に日本に行くかもしれないとのこと。東京で会えたらいいのに。

とりあえずは、また6月にディナーをすることに。それにしてもマギー・チャンもギヨームも飛行機での移動が多いから、体のことが心配。

4.23 lun

盛り上がっています、フランス大統領選

前の日も遅かった私は、さすがに体がもたないので行かなかったけれど、昨夜、シャルル・エドワードは、エリックの家に行って、みんなで選挙戦の模様を見てきた。日本で、わざわざ選挙の経過を誰かの家に集まって見ることなんてないんじゃないかしら。

前回の2002年の時、私はすでにパリにいたけれど、今回ほどの盛り上がりではなかったなあ。投票率も90%近い。ニュースでも、投票のために会場に列ができている様子を映し出していたし、本当にビックリ。

フランス人と話していても、みんな共通して思っているのが、党に関係なく、「この人!!」と思える人がいないということ。消去法で残るのが、サルコジやセゴレンやバイルーというだけ。

私は演説の内容はまったくわからないけれども、声のトーンや話し方、笑顔等々、

雰囲気だけで判断するとセゴレンはNG、バイルーは〝?〟結局、残るはサルコジ、という気がする。でも、支持しているわけではない。野心が強過ぎる感じ。パフォーマンスも多過ぎて…。

それにしてもフランスの新聞や雑誌は面白い。じつにインパクトのあるタイトルや表紙で、フランス人の政治に対する関心の高さがうかがえる。

4.24 mar

フェルディノンは健康優良児!

フェルディノンの健診へ。ドクターも驚くくらい大きく、しかも足の力が強くて驚かれる。「ミルクをたくさん飲むけれども」、と言ったら、「全然、太っていないよ」と言われて安心。お天気が良かったから、お散歩をしながら、ドクターの所へ。気持ち良かった。でも、新生児用のベビーカーが大きいから、アパルトマンの玄関の段差や扉が重いところは大変。今日は、困った時にはいつも人がそばにいて手伝ってくれたので助かったけれど…。

夜は『モエ・エ・シャンドン』のグランド・ヴィンテージのカクテルパーティとディナーへ。とにかく素敵だった。『ミュゼ・ド・ロム(人類博物館)』の裏口に通

じる小道に黒いカーペットが敷かれていて、いわゆる関係者が使う裏口の扉を入って、これまたフツーのエレベーターで上がると、ディナー会場へ。なんと、200人の招待客で着席スタイルのディナー。照明の演出、テーブルの演出、お料理、すべてがモダンで、でもシックで、このディナーを取り仕切った女性と話をした時にシャルル・エドワードと2人で大絶賛をしてしまった。

シェフはティエリー・マックスという方。私達は知らなかったけれども、200人にこのグレードの美しいお料理を出せるなんて…すごい!! 本当に来て良かったと心から思えるディナーだった。

大好きなシャンパン、しかもグランド・ヴィンテージなので張り切っていたけれども…やはり寝不足や疲れなどのせいか、目の前が一時、まっ白になってしまった。あーもっと飲みたかった。

4.26 jeu

一人ひとりに担当者がいるフランスの銀行

予報では雨、と言っていたけれども、快晴。朝は雨が降った後のように空気が澄んでいて、開いている窓から入ってくる風もかなり冷ややかだったけれども、すぐに暑くなってきた。

午前中に銀行の人と打ち合わせ。こんなふうに言うと日本ではまるで大口の顧客のように思われるかもしれないけれども、フランスでは誰にでも担当者がいて、単純な入金、出金といった作業以外はその担当者と話をするから、これは普通のこと。

預金や日々使う口座はまったく利子が付かないから、その口座の見直し。そして、フェルディノンの口座を開く。ナツエも生まれた時に口座を開いて、毎月、ちゃんと入金。これは、私個人でやっていることで、シャルル・エドワードが後から知って、とてもびっくりしていたっけ。パパ（父）とママが私達きょうだい3人のためにやってくれていたことを、私も自分の子ども達にしたいだけ。

今日からシャルル・エドワードはスペイン。にこやかに送り出してあげたかったけれども、ついつい不機嫌になってしまった。

彼がアルノーの結婚式の立会人だから、この「アンテルモン・ドゥ・ヴィ・ドゥ・ギャルソン」（結婚式を控えた新郎のために、友人達が計画する独身最後の旅行のこと）に行くのは当然なんだけれども、まだフェルディノンは7週間だし、ナツエはエネルギーが溢れているし…。どうやって週末を過ごそうかしら？

4.29 dim　カミナリはどこにいるの？

少し涼しくなったら公園に行こうと思っていたのに、空を見るとグレー。雨が降るのはわかっていたけれども、ナツエが張り切って仕度をしていたから、とりあえず家を出ると、公園に着いたとたん、雨が降り出した。

キャーッと大急ぎでアパルトマンに戻り、入り口で雨がやむのを待って、また公園へ。でも、30分ほどで風の感じから、大雨の予感。ナツエに説明をして、家へ着いたら、雷とともに大雨。

ナツエは「カミナリ」という言葉を覚えたみたい。

「カミナリはどこにいるの？」と聞かれ、「空の上よ」と説明したけれども、ちゃんと勉強しておかなければ…。

Column Vol.5

三度のごはんよりも議論好き(!?)なフランス人

フランス人って、ものすごーく議論好き。本当によくしゃべるなあと、私は半ばあきれています。とにかく終わらないのですから。レストランで友人達と食事をしようとすると、オーダーするまでに30分以上かかることがしょっちゅう。だってメニュー片手におしゃべりが始まり、みんなそちらに夢中だから。

一番盛り上がる話題は、政治でしょうか。フランス人は政治の話が大好きで、殴り合いのケンカになるのでは? と心配になってしまうくらい白熱しています。2007年春の大統領選挙の前後なんて、それはそれはすごかったですよ。

たとえば、日本ではテーマとして避けた方がいいと言われている、宗教やSEXもよく話題になります。仏教に興味のある人も意外に多く、「ニチレンシュウを勉強しているんだけれども…」「えっ、日蓮宗？」なんてこともありました。また、今のフランスには王室がないので日本の皇室はとても興味深いようで、歴史等もよく知っていて…。当然、日本の話になれば、その席のみんなの視線は私に集中しますが、明確に答えられないこともしばしば。でも、そこでひるんでしまってはいけません。自分の意見を述べることが、とても大切ですから。つまり、ディナーの間、頭はフル回転しています。

ニコニコ笑っていればいいということはなく、男女に関係なく、自分の考えをしっかりと持ち、主張する。それができなければ、次からは食事に誘ってもらえないと言っても過言ではないでしょう。彼（彼女）はつまらない人という評価になってしまうのです。

とはいえ、フランス人同士の議論に参加するのは、生やさしいことではありません。私は、自分のわからないテーマや、答えられないテーマの時には、会話がわからなくても必死に聞いて、耳に引っかかった言葉や意見を拾って、逆に質問してしまいます。すると不思議に、そこからまた話が広がったり…。

または、自分からテーマを出してしまいます。難しい話題でなくていいのです。たとえば、「パリでは女性は結婚しても子どもがいても、みんな仕事をしているのね」と投げかければ、「えっ、日本は違うの？」と質問が返ってきます。そこから話が盛り上がり、それぞれが思うところを主張するわけです。結婚してから、東京の家族や友人達から「江里子はよく話すようになった」と言われます。フランスで生活するには…大切なことなのです。

東京散歩

ある東京の1日

　年に数回、東京に行きますが、たいていは仕事のスケジュールで一杯になってしまいます。でも少しでも時間があれば、そして時間を見付けては、家族との時間、友人とのおしゃべり、自分が気持ち良くなること、日本ならではの買い物をする時間を楽しんでいます。私にとっては欠かすことのできない大切な時間です。

今も昔も一途です。東京の3サロン巡り

ヘアやネイル、エステ…。「パリではどこのサロンに行っているの？」とよく聞かれます。でも、どこにも行っていないんです…そう申し上げると、みなさん驚かれます。もちろん試したことはあるんですよ。でも、10年以上も通い続けている東京のサロンに比べると、いずれも物足りなくて。帰国すると、まずは訪れたいのがこれらのサロンです。

1.美容室『フクルル』

『フクルル』の矢野さんは私の髪の毛のクセを知り尽くしている上に、私の抽象的なオーダーを理解して、素敵に仕上げて下さいます。

Style 1　*Style 2*

左：フェミニンな洋服にもマニッシュな洋服にも合う基本のショートボブ。
右：ちょっとドライヤーを加え、手でクシャクシャすると、モードなスタイルに。

サロンデータ
東京都港区南青山5-11-23 小野寺荘101
TEL：03-5466-2966
URL：http://www.fukululu.com
MOBILE URL：www.fukululu.com/mobile/
営：11：00～21：00
休：火曜日

いつも細かい注文は付けません。今回も、子どもがいるので手のかからないショートに、でも女性らしくエレガントに、そしてアレンジがきくようにとだけお願いしました。

色の好みも昔から一途。短いスクエアの爪に単色塗り。
色は茶系、ゴールド、ベージュ系が好きです。

2.ネイルサロン『リ・ボーン』

『リ・ボーン』の小林さんの手に一度かかると、他の方にはもう頼めません。ケア1つから本当に丁寧なお仕事です。だから、パリではネイルサロンに行きたくないのです。必要な時は夜中に1人で塗っています…。

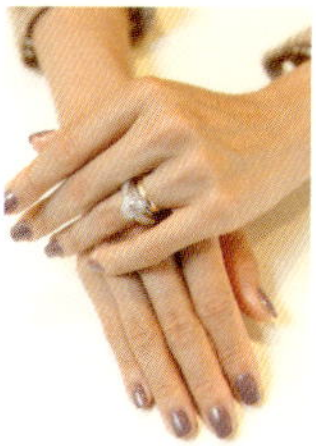

今日は秋らしいパープル系の色をセレクトしてみました。

サロンデータ
東京都港区麻布十番1-3-1
アポリアビル2F
TEL：03-5563-0628
URL：http://www.nailsalon-reborn.com
営：11：00〜20：00（要予約）
休：火曜日

3.マッサージ『ミッシィボーテ』

子どもの頃から肩凝りがひどく、中学生ですでに整体に通っていたマッサージマニアの私。自分の体で施術をして下さる方との相性を判断します。『ミッシィボーテ』の高橋ミカさんは最高！ ミカさんをパリに連れて帰りたい。パリの人もきっと喜んでくれるはず…。

ミカさんのすごいところは、今でも技術がさらに進歩しているところ。全身でそれを感じます。

サロンデータ
TEL：03-3400-0812
URL：http://www.mishii.com
営：11：00〜20：00（要予約。ただし、現在高橋さんの予約は受け付けていない）
休：日曜日、月曜日

銀座の街を眺めながらのランチタイム〜お買い物散歩

『銀座文明堂 銀座五丁目店』

サロン巡りの後は、銀座のカフェで少し遅めのランチタイムです。ガラスを通して見える銀座の通りを眺めながらくつろぎます。こちらには学生時代からよく通っていて、今でも母と一緒に訪れてティータイムを楽しみます。ステンドグラスが美しい店内は、盆栽や、和紙でできた照明器具がアクセント。"和"と"洋"が絶妙なハーモニーを醸し出しています。メニューでも"和"と"洋"の両方が楽しめます。

昭和31年の開店以来、受け継がれてきた伝統の味、ハヤシライス。

トマト、キュウリ、ツナの王道の味がうれしいサンドイッチ。

ショップデータ
東京都中央区銀座5-7-10
中村積善会ビル1F
TEL：03-3574-0002
URL：http://www.bunmeido.com/
営：11：00〜21：00
休：年中無休

『東京羊羹本舗』

時々、無性に和菓子が食べたくなります。そんな時、訪れるのがこちら。店内に飾られた浮世絵やショーウインドウに江戸の文化の粋や銀座の伝統を感じます。

ショップデータ
東京都中央区銀座2-2-19
TEL：03-3535-6060
URL：http://www.tokyoyokan.jp/
営：10：30～19：30
休：年中無休（元日のみ休業）

店内で日本茶と羊羹をいただいて。丹念に“あく”を抜いた砂糖で、練り上げた羊羹。甘い物をちょっといただくと、ホッとします。お店にある甘味喫茶もおすすめです。

「大棹栗羊羹」は堂々の貫禄。パッケージも切り口も美しいんです。

銀座店限定の「一両箱」は見た目もかわいらしい小さな羊羹。よくパリに持って帰ります。

『本の教文館』

本屋さんに来ると、ついつい長居を。日本語に触れる場でもあります。『教文館』の中にある『子どもの本のみせ ナルニア国』は、棚の高さが子どもの目線になっていて、店内のレイアウトもかわいい。懐かしく温かな気持ちに包まれます。

娘のために『ブレーメンのおんがくたい』（ハンス・フィッシャー：絵／瀬田貞二：訳）、『うずらちゃんのかくれんぼ』（きもとももこ：作）（ともに福音館書店）、『日本のむかしばなし』（瀬田貞二：文／瀬川康男・梶山俊夫：絵／のら書店）を購入。

ショップデータ
（ナルニア国）
東京都中央区銀座4-5-1
TEL：03-3563-0730
URL：
http://www.kyobunkwan.co.jp/
営：10：00～20：00
休：年中無休（元旦のみ休業）

まだまだ小さい息子も、すぐにこんな列車のおもちゃで遊ぶ日が来るのでしょう。

『博品館TOY PARK』

地下1階から地上4階までのスペースにおもちゃがぎっしりと詰まった『博品館TOY PARK』。子どもや子どものお友達へのプレゼントを探しながら、いつしか私が夢中になっています。日本のおもちゃは本当に優秀ですよね。

ショップデータ
東京都中央区銀座8-8-11
TEL：03-3571-8008
URL：http://www.hakuhinkan.co.jp/
営：11：00～20：00
休：年中無休

日本のポリスはどんな車に乗っているの？　消防車は？　男の子達に聞かれます。働く自動車のお土産はやっぱりどこの国でも大人気！　3歳の娘は今アンパンマンに夢中。アンパンマンの楽器、そして躾け箸も購入しました。

12色に染められた風呂敷にはいずれも日本古来の色名が付いています。繊細な色合いはフランス製の糸を使用したオリジナル商品だとか。今日は「紅梅」と「二藍」の2色を購入。

『銀座　くのや』

和装小物や風呂敷に、とても心惹かれます。170年という伝統を持つお店に並ぶ優れた手仕事の品々には目を見張るばかり…。今日はお店の4階にある風呂敷のコーナーで、自分の物を選びます。かつて義母にスカーフとしても使えそうな物をこちらで選びました。

衣類や子どもの物を風呂敷に包んでスーツケースに詰めると、彼が「わー、プレゼントが並んでいるみたいで、きれいだね！」と、喜びます。

ショップデータ
東京都中央区銀座6-9-8
TEL：03-3571-2546
URL：http://www.ginza-kunoya.jp/
営：11：00～20：00（月～金曜日）
11：00～19：30（日曜日、祝日）
休：年中無休

『ホテル西洋 銀座』

昔からずっと来ている『ホテル西洋銀座』のラウンジ、『プレリュード』。東京に住んでいた時も、今も、お茶というと、ここ。友人達とも「じゃあ、いつものところで…」という感じ。仕事の打ち合わせ、家族とのおしゃべり、友人達との語らい…まるで、自分のサロンのように居心地が良く、ついつい長居をしてしまいます。なぜ好きかって？ わからないのです。ただただ、とっても好きな場所。今日もこれからここで打ち合わせです。

私の大好きなモンブランは、フランス産の栗のペーストと濃厚なクリーム、くだいたマロンでできています。そしてニュージーランド産のクローバーハニーを添えたロイヤルミルクティー。

ホテルデータ
東京都中央区銀座1-11-2
TEL：03-3535-1111
URL：http://www.seiyo-ginza.co.jp/

気が付けば私は、好きな物、好きな場所がずっと同じ。変わらないようです。もちろん新しい素敵な出会いもあるのですが、10年、20年と好きな物は変わらず残っています。そういう物があるということは幸せなこと、ありがたいことだと思います。

日本のお土産

食品、日用品など、東京に来た時には必ず買って帰る物があります。ラップ類やビニール袋、文房具等の日本製品は本当に優秀だと思います。そして日本の味は、家族にも友人達へのお土産にも連れて帰りたいと思うのです。

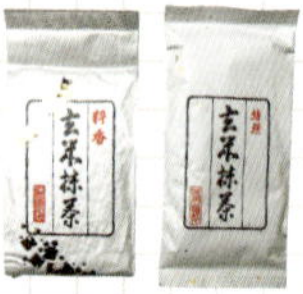

『粋香 玄米抹茶』
(有)あじめい／神奈川県小田原市早川2-18-8／☎0465-23-0626／たっぷり入った抹茶の香りがきいています。家族全員が大好き。常備しているお茶です。フランス人にお出ししても好評です。
写真は大170g：630円、小80g：350円

『松崎煎餅』
銀座松崎煎餅／東京都中央区銀座4-3-11／☎03-3561-9811／母が渡仏する際にもかならず持って来てくれるあられ。娘は詰め合わせの中の紅葉の形の物を「お花のあられ！」と言って喜びます。写真は詰め合わせの「江戸あられ 鳴神」：5250円

『特撰五三カステラ』
銀座文明堂／東京都中央区銀座5-7-10 中村積善会ビル1F／☎03-3574-0002／卵黄を3割増やし、和三盆やハチミツ等の材料も吟味されたカステラ。懐かしくて、飽きない味。写真は「特撰五三カステラ10切入」：2650円

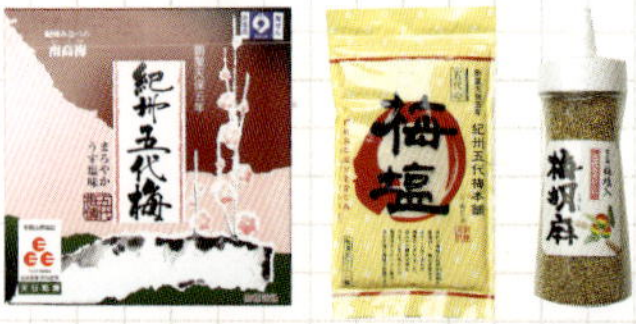

『紀州五代梅・梅胡麻・梅塩』
(株)東農園／和歌山県日高郡みなべ町東本庄836-1／☎0739-74-2487／手間ひまをかけた梅干はまろやかそのもの。梅胡麻や梅塩はおにぎりやお料理に欠かせない一品です。
写真は「紀州五代梅(1.1kg)」：5250円、「梅塩」：525円、「梅胡麻」：630円

『おつまみ海苔』
(株)山本海苔店／東京都中央区日本橋室町1-6-3／📼0120-701825／玄米、うめ、うに、ごま、えびちりめんじゃこの5種類。気が付けば、1人で1缶あけてしまったことも…。
写真は「おつまみ海苔」：各525円

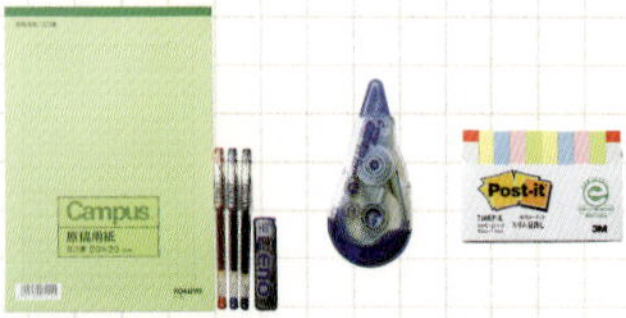

『文房具いろいろ』
横書きができる『コクヨ』の原稿用紙、『パイロット』のボールペン「HI-TEC-C」、シャープペンの芯「ネオックス・イーノ」、修正テープ、『住友スリーエム』の「ポスト・イット」スリム見出し…。日本の文房具はどれも本当に使いやすくて良く考えられているなあと思います。『銀座伊東屋』さんで、たくさん買って帰ります。

『東袋(あずまぶくろ)、両面てぬぐい』
銀座 くのや／東京都中央区銀座6-9-8／☎03-3571-2546／絞りの柄が美しい小物入れ。そして両面てぬぐいは、子ども連れには何かと重宝。お土産にも自分用にも購入します。
写真は東袋：4200円〜、両面てぬぐい：630円

5.2 mer 「キネ」に通い始める

フェルディノンの出産祝いにいただいた洋服のサイズが小さ過ぎるから、取り換えに行く。ギフトにはかならず付いてくるチケット（交換可能と書かれている）に〝1カ月以内〟と書かれているのを知らなかったので、お店の方に「このギフトはすでに1カ月を過ぎています」と言われてしまう。「でも息子には小さいので…」と訴えると「マダム、今回は特別に…」と。

それにしても男の子用の服って、あまり種類がないんだなぁとびっくり。どれも、かわいいけれども、選択肢がない。ついつい、女の子用の服に目が行ってしまう。

夕方、「キネ」に行く。フランスでは出産後に「キネ」をするのが当たり前で、しかも決められた回数、10回までは、社会保険ですべてまかなってくれる。

でも、なぜかナツエの出産後、ドクターから何も言われなくて、私は「キネ」を受けず、しばらくしてから、「キネ」は出産後、かならずやるものだと知って、びっくりしたのよね。しかし、想像していたのと大きく違っていて…。

整体みたいなやり方で子宮などの位置を元に戻したりするのかと思っていたけれども、本当に運動療法で、先生と一緒に30分ほど運動をする。そしてもちろん家で

キネ
［**Kinesitherapie**］

体操、マッサージなどの運動療法のことで、女性だけではなく、男性や子どもも受けることがあります。出産後のキネは婦人科やかかりつけのドクターから必要があると言われれば、処方箋をもらってから行きます。基本的には出産後の女性は全員受けるものらしい。内容は妊娠や出産にともない内臓全体が下がったり、子宮やその近辺の筋肉が緩んでしまったものを、運動で戻していきます。まずは先生と一緒に30分ほど運動をし、あとは家で自分でも運動を続けなくてはなりません。

も自分でちゃんと続けなければならず、事の重大さを認識。日本にはたぶん、「キネ」はないだろうから、みんな出産後、どうしているのかしら？ ゆりちゃん達に聞いてみよう。

5.4 ven 三ツ星レストランのキッチン

フジテレビの同期のKくんの結婚式に。Kくんがパリに赴任になったのは2004年。まだまだべべ《赤ちゃん》だったナツエを連れてシャンゼリゼにあるフジテレビのオフィスに遊びに行ったからよく覚えている。ジョルジュ・サンク通りの教会での式の後、ブローニュの森の中の『シャレ・デ・ズィル』でパーティ。とっても久し振りにKくんのご両親にもお会いし、お母さまとは少しおしゃべり。

花嫁さんが「大好きなKさんと結婚できて、とても幸せです」と、参列者への挨拶で話したのがとても印象的だった。何て自然で素直な言葉なんだろうと…。日本とフランスの距離、時間を埋めるのは、確かに楽なことではないから、うれしさがとても伝わってきた。パーティにはシャルル・エドワードとフェルディノンも参加。

ランボワジーのディナーのあとで。左はジャーナリストの男性が持っていたエルメスのヴィンテージのクロコのシガレットケース。

夜、友人のルドルフが私達を『ランボワジー』でのディナーに招待してくれる。前から一度、行きたいと思っていた三ツ星レストランなので、とってもうれしかった。しかも、レストランの奥の個室。計6人。ご一緒した初めてお会いしたご夫妻は、奥さまは映画プロデューサー、ご主人はジャーナリスト。食事の後、『ランボワジー』のマダムがキッチンを見せて下さる。さっきまでお料理をしていたはずなのに、どこもかしこもピッカピカ。毎晩、壁も掃除しているんですって。

それから、冷凍庫がなかったのも驚き。小さな家庭用の冷凍庫がアイスクリームを作る機械の横にチョコンとあって…作ったアイスクリームをサービスするまでの間、入れておくだけだそう。そして、サービスが終わったあとの冷蔵庫の中は、ほとんど何も入っていなかった。新鮮な食材を新鮮なうちにちゃんと使い切ってしまうから…。20年近く使っているガス台等も、まだまだきれいで新品みたい。これが三ツ星のキッチンかと、感動。

家に戻るタクシーの中。シャルル・エドワードとドライバーが大統領選について話し始めて、大議論に。彼の顔付きは変わるし、ドライバーの運転は荒くなるし…。もう誰が大統領になってもいいから、ちゃんと運転して!! と心の中で祈っていたくらい。でも、支払いをする時、2人でお互いに「いやぁー、ムッシューと話がで

三ツ星レストランのお味を堪能しました。

きて楽しかったですよ!!」と言い合っていて、ニコニコ顔。本当にフランス人って、政治の話、好きよね。

5.5 sam

ナツエがご馳走してくれる!?

ナツエのマレンヌ（74ページ）のさとこさんが、お仕事でスペインに行く前にナツエに会いにパリに寄って下さる。

ランチを『カフェ・コンスタン』でご一緒し、ランチの終わりに「ナツエへのバースデープレゼントよ!!」と、キティちゃんのバッグを下さる。もちろん、バッグ大好きなナツエは大喜び!! バッグとお揃いのティッシュケースにはジッパーが付いていてお財布にもできるので、小銭を少し入れてあげると大興奮。支払いの時に「ムッシュー!!」と言って、お財布の中から50サンチームコインを取り出してお店の人に払ってくれて…おかしかった。

「今日のお昼はナツエがご馳走してくれたのね。ありがとう!!」と言うと、ちょっと照れくさそうな顔をしたのもおかしかった。本当に子どもというのは、あの小さな頭の中で、一体、何を考えているんだろう…。とても純粋で発想豊かで、すごいと思う。明日も一緒にランチをする約束をして、さとこさんと別れる。

5.6 dim 白熱するフランス大統領選

シャルル・エドワードは朝8時半に投票へ。1回目の時と同じ時間に行ったけれども、前回よりも人が多かったとか。1回目の85%という投票率も歴史に残る数字だけれども、今回はそれを上回るかも…。

とにかく選挙の話題一色で、ランチが終わると今日は珍しくみんな家へ直行!! そして、前回も今回も、みんな誰かの家に集まってテレビの選挙番組を観るというのだから、まるでサッカーのW杯並みの盛り上がり。いや今回はそれ以上。もちろん、私達の周りだけでなく、みんなみんなみーんな大変なことになっている。カフェやレストランの中には、大きなテレビをお店に設置しているところもあるくらい。

今日はギヨーム宅で結果を見ることに。でも、シャルル・エドワード1人で行ってもらう。私は少々疲れているし、子ども達をベビーシッターに預けてまで行くのは、と思う。サルコジとセゴレンが生放送でテレビ討論をした2日の夜は、街中に

白熱しているフランス大統領選挙の際の看板です。

人がいなくて、知人の日本食のレストランもいつもは満席なのに、この日はお客さまが4組だけだったとか…。夜7時半過ぎにナツエを寝かせて、フェルディノンのミルクの用意をして、8時ちょっと前にテレビの前へ。53%でサルコジ大統領誕生!!

予想通りの結果…。決戦投票で勝利したサルコジの演説…意味がすべてわかったわけではないけれども、とても良い演説だったと思う。サルコジを支持していない人の心にも響くような…。そして、テレビに映し出される映像で、改めて、老いも若きも、フランス人の政治への関心の高さがわかる。

やっぱり、私は今日、家にいて良かったと思う。そうじゃなかったら、1時間だけみんなと一緒に結果を見て、戻って来ようとしても、家に辿り着けなかった気がする。街中は大変なことになっているらしい。彼は大丈夫かしら。

5.9 mer パパ、聞こえる?

パパ（父）の命日。もう2年経ったのかあ。ママやゆりちゃんや東京のファミリーはお墓参りに行ったみたい。ゆりちゃんはその後に、よしのとあやのを連れてパパのベンチへ。あのベンチはパパを偲んで、家族みんなで考えたメッセージを託して、佃の石川島公園に寄贈したもの。隅田川を眺めながら、パパとの想い出に浸れる大切な場所。

私も今回の東京滞在中にナツエとフェルディノンを連れてベンチに座りに行こう！　みんなでベンチの周りでピクニックをしてもいいかも…。２年経って悲しみが薄れたかといえば…逆に悲しみは深くなっている気がする。ただ日々のことに追われ、あえて考えないようにすれば何となく通り過ぎることができるけれども…。

パパが亡くなってから、パパにはさらに3人の孫が増えて…。ナツエが生まれた時に電話で「目の色は？　髪の色は？」と聞いてきたパパだから、きっとフェルディノンの時にも同じ質問をしたんだろうなあと思う。私達の結婚式に出席したフランス人がみんなパパのことを「あんなにエレガントな日本人男性は見たことがない!!」とか「とてもシックでベル・オム（美しい男性）」といまだにママチャン（夫の母）達に言っているそうよ。そしてフェルディノンの写真を見た人達がみんな「エリコのパパに似ている」って言っているんだって。パパ、うれしい？

シャルル・エドワードがさっきキッチンの後片付けをしている時に「今日、1日中、あなたのことを想っていたよ」と。「？」という顔をすると「今日は、あなたのお父さんが亡くなった日だから…。エリコやエリコのパパ、あなたのファミリーのことをずっと考えていた」と。今日1日、泣かないようにしていたのに、急に涙が溢れ出して来た。やっぱり、悲しみが薄れることはないと思う。それから、やっぱり…人の死を受け入れることは、今の私には難しい。

5.10 jeu 3人一緒のバースデー

友人のティムとジュディットと、ジュディットのお嬢さんのコーリーが我が家でディナー。ティムの職業はパーソナルアドヴァイザー。彼のクライアントはみんなアメリカの大金持ちで、その人達のオートクチュールのオーダーやジュエリーの選択、インテリア等のアドヴァイスをしている。みんな彼のことをとても信頼しているし、彼自身が本当に質のいい物、美しい物を知っていて…。

今回は、コーリーが9月の結婚式に『クリスチャン・ラクロワ』のオートクチュールのウエディングドレスを着るので、そのオーダーをしにパリへ。今日のランチはムッシュー・ラクロワと一緒だったそう。これからデザインをしてもらって、ティムをはじめ、みんなで検討し、作り始めるとのこと。7月のオートクチュールの時にも、またパリに来てフィッティングをするんですって。どんなドレスかしら?

ティムは素敵な紳士だし、何といっても私とシャルル・エドワードと同じバースデー!! そして、仲良しのお友達。そして、なぜかティムを通じて知り合いになった人達がシャルル・エドワードや私のことを気にかけてくれて…。生活スタイルはまったく違うけれども、私は彼らの話を聞くのが好きだし、みんなとーっても良い人達なので、会うのは楽しい。来週の水曜日にはニューヨークのジュディット宅でディナー。そのためにナツエとフェルディノンのベビーシッターまで手配してくれているらしい。

ベビーシッターさんは私達の食事中はホテルで子ども達を見ていてくれるとのこと。心遣いがうれしい…。

それにしても…疲れているとはいえ英語のレベルがさらにひどくなっていて、ショック。こんなレベルでニューヨークでは大丈夫かしら? 英語の勉強もしたいなあ。ゆりちゃん達は5、6年住むだろうから、ペラペラになるんだろうなぁ。私も何とかしよう。いつも、アメリカ人が私に合わせて一所懸命、フランス語で話そうとしてくれるけれども、それに甘えていてはいけない。

ティムからフェルディノンへのプレゼントは『エルメス』の食器セットと『ティファニー』のシルバーのスプーン。私が使いたいくらいだわ。

5.12 sam

フェルディノンの嫁ぎ先、決まる⁉

『カフェ・コンスタン』のオーナーのクリスチャン・コンスタンがフェルディノンを見て、「いつ見てもかわいいねぇ、うちの2人の息子のどちらかのために予約させてもらうよ‼」と。初めてここに連れて来た時に「男の子よ！」と知らせたはずなのに。しかも、今日は完全に男の子ルックだったのに…。シャルル・エドワードと「まぁ、いいか‼」と顔を見合わせて笑ってしまう。

その後、シャルル・エドワードと『デュレ』とのミーティングに付き合う。『デュレ』は私達が長くお世話になっている靴やバッグの修理屋さん。今のアパルトマンからは近くはないけれども、やはり、ここに行ってしまう。

シャルル・エドワードは靴マニアだし、私は足が小さいから、なかなかピッタリとして、しかも美しい靴を見付けるのが難しい。せっかく買っても、結局、あまり履かなくなってしまう靴がある一方で、もうクタクタになってしまっているけれども、修理しながら大事に履き続けている靴もある。『デュレ』はそういう靴の心強い味方。信頼して任せられるし、やはり仕上がりが美しいのは大切なこと。そして、もう何年も前からオーナーが、私達とビジネスをやりたいと言っている。

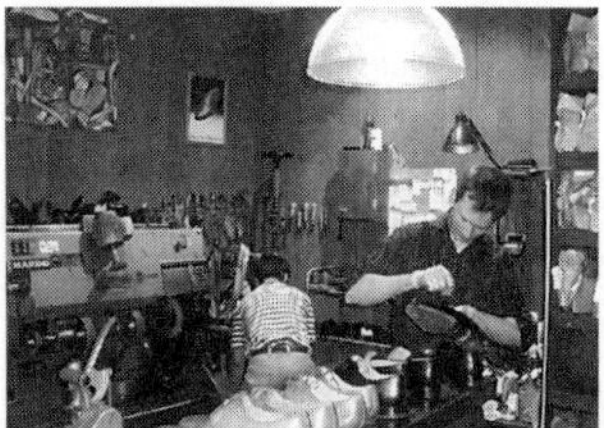

プロの仕事というものを感じる、『デュレ』の店の様子です。

私はビジネスのことはまったくわからないから、何も関わらないけれども、彼はもしかしたら一緒に仕事をするかもしれない。男性ファッションが大好きな彼だから。自分が好きで、興味があり、こだわりを持っていることが、そのまま仕事につながるのは楽しいことなんだろうなあ。私もそうだけれど…。

5.14 lun　ニューヨークのマヌー宅へ

朝9時にパリの自宅を出発して、ニューヨークの空港に着いたのが午後4時過ぎ。パリは今、夜の10時。やっぱり長旅だ。しかもフランクフルト経由。小さい子供を連れて、トランジットがある旅は、私1人だったら不可能だと実感。日本のエアラインだったら、事前にお願いをしておけばサポートの人が付いてくれるけれども、外国のエアラインはそういうサービスがないから大変。

これから、移動の時は、今まで以上にきちんと準備をしないと。フェルディノンはいつものようにお腹が空いた時にちょっと泣いたくらいで、後は眠っているか、笑っているか。ナツエはいつものごとく、パワー全開。そして機内ではまるで眠れなかった私。ホテルに着いて、少し荷物を片付けてから、マヌー宅へ。アッチ（夫

友人のティムがホテルに送ってくれたフルーツ。

ホテルの部屋でくつろぐ私。ナツエ撮影。

の姉の長男）とエラ（夫の姉の長女）が大興奮でナツエや私達を出迎えてくれる。

ナツエはアッチとは1年、エラとはほぼ2年会っていないのに、お互い写真を見たり、スカイプで話をしているので、すぐに一緒に仲良く遊び始めて…。大人達は赤ワインを飲みながら、おしゃべり。マヌー達の前のアパルトマンは知っているけれども、今のアパルトマンに来るのは、初めて。

ニューヨークにゆっくり来たのは、2002年2月以来になる。2004年5月に来た時は3泊だけの仕事だったし…。今回は初めて子供を連れてのニューヨーク。一体、どんな滞在になるのかしら？

5.16 mer

リスのいるセントラル・パークの風景

シャルル・エドワードのミーティングが午前中に1つだけだったので、午後からは、家族で過ごすことに。昼寝中のナツエを起こしてランチへ。無理矢理起こしてしまったから、badムード。でもマヌーがアッチやエラの学校のお迎えがあるから、この時間でないと無理だったのよね。マヌーの話だと、時間通りにお迎えに行かないとペナルティとして罰金を払わされるとか。時間に平気で遅れてくる父兄がいて、そういうシステムになったのだそう。

というわけで、学校近くのフレンチレストランへ。ニューヨークも、みんな子どもや赤ちゃんにとても優しい。かならずベビーカーの中を覗いてくるし…。子どもと一緒にいると、まったく見知らぬ人と話をする機会が増えて、面白い。

ランチの後はセントラル・パークへ。自然のままの公園という感じがするし、緑の香りが一杯で、何て気持ちがいいのでしょう。

ナツエはリスを見付けて大喜び。ニューヨークに住むことがあったら、絶対にセントラル・パークの近くに住みたいと思う。フィフスアベニューを散歩中に、大雨が降ってきたので、おもちゃ屋さんの「FAOシュワルツ」に避難。たくさんのおもちゃやぬいぐるみにナツエ大興奮。でも、雨がやむ気配がなく、ジュディット（184ページ）宅でのディナーの時間も迫ってきたので、街角で大きな黒いカサを2本買って、何とかタクシーを捕まえる。それにしても、このカサ売りの人達は雨が降り出したとたんに出没。一体、どこから？

ジュディット宅のサロンで。左がジュディットです。

5.17 jeu

『ラルフ・ルッチ』の白いジャケットに魅了される

シャルル・エドワードのミーティングが終わる頃に合わせて、ナッツエとフェルディノンとホテルを出発。セントラル・パークを散歩しながら、待ち合わせ場所へ。日本の歌を歌いながら公園の中を歩いていると、知らない人達に声をかけられたり、ナッツエが急に通りすがりの人と遊び始めたり。

池の鴨にパンをあげている女性のことをナッツエがじぃーっと見つめていると、その女性が「あなたもあげる？」とパンをひと塊下さる。そのパンをナッツエは口に入れてしまい…焦ってしまった。その女性も「今朝、買ったパンだから大丈夫よ」と言いながらおかしそうに笑っている。ちゃんと朝食食べたのに、お腹が空いていたのかなあ？

夕方、デザイナーのチャド・ラルフ・ルッチのオフィスへ遊びに行く。オートクチュールの服達は、とっても美しくて、その仕事の繊細さや技術に、ただただただため息。私がお金持ちだったら、ラルフの作品を少しずつ、自分の物にしていきたいと思う。というより、美術館に飾ってもいいと思うくらいの繊細な手仕事で出来上がるドレスをはじめ、服は美術品のように美しい!!

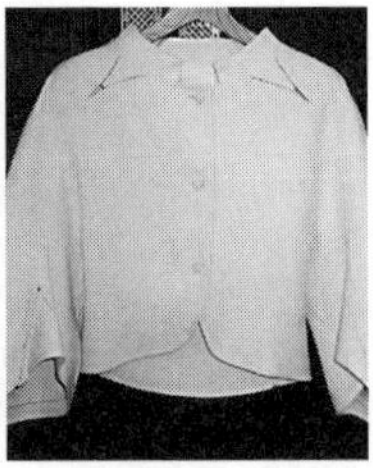

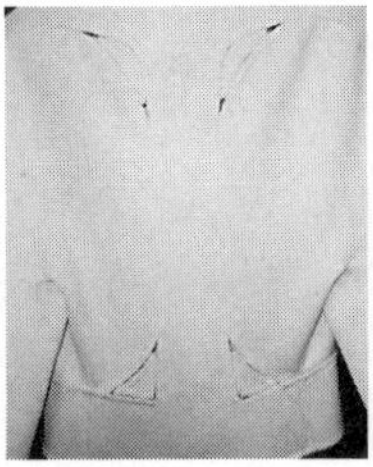

チャド・ラルフ・ルッチにいただいたジャケット。素材はウールとシルク。『ラルフ・ルッチ』は最高級の素材を使っているので、着心地もまた最高。

帰り際に、白いジャケットをプレゼントしてくれる。生地の上質さ、カッティングetc.…シンプルなのに、本当に美しい。大切に大切にしよう。

5.18 ven

『マノロ・ブラニク』で勢いあまって2足購入…

『3Guys』で朝食が食べられるのも、あと数日かぁー。さみしいなあ。アメリカのパンケーキ大好き!! どこの国に行っても、私は朝食の時間が一番好きかも。

アッチとエラを家族みんなで学校に送りに行く。2人はとても喜んで、お友達や先生達にナツエや私達を紹介してくれる。もっとゆっくり学校の中や授業の様子を見たかったなあ。学校から20分くらい歩いてホテルへ戻ることに。シャルル・エドワードは直接、仕事先に行ってしまったので、疲れてしまったナツエを励ましながら何とか辿り着く。ふうー。

夕方、ティム（184ページ）とシャルル・エドワードと子ども達を連れて、『マノロ・ブラニク』のブティックへ。パリでは『マノロ』の靴は、セレクトショップやデパートにしかないから、こんなに種類があるとは知らずびっくり。

棚に並べられている靴は、すべて一番小さいサイズ（私のサイズは一番小さい35

これが思わず2足購入した靴。でも、何のかんの言って必要なんですもの、いいわよね…。『マノロ』の靴は本当に軽くてぴったり足に沿う。

サイズ=日本だと22・5センチくらい）ということで、気に入った靴のサイズがあるかどうかはすぐにわかった。2足購入。1足は黒のエナメルでフラットで実用的なもの。もう1足は白と黒のコンビのデザインが美しい。冷静に考えるとどんな服装に合わせたらいいのかしら？と思わず悩んでしまう…。しかし…。しばらく買い物をしていなかったから、ついつい勢いあまって…。でも、パンツにもスカートにも合いそうだし…いろいろと楽しい思いをめぐらす。

5.19 sam　ステーキハウスでファミリーデー

唯一のファミリーデー。ニューヨーク赴任中のSonoP《ソノピー》（妹の夫）と一緒に、ステーキハウス『ポーターハウス ニューヨーク』へ。

フランスの新聞で紹介されていてシャルル・エドワードが興味があったお店で、いわゆるはやりのスポット。私は、たった1杯のシャンパンでかなり良い気分に。それにしても、お肉もデザートもすごい量。張り切ってデザートまでオーダーしたけれども、とても食べきれなかった。男性でもギブアップだったし。

ランチの後はまたまたセントラル・パークを散歩。ナツエはシャルル・エドワードやSonoPに肩車をしてもらってご機嫌。その後、大好きな『バナナ・リパブリック』へ。アメリカに来ると、どうしても『バナリパ』に行きたくなってしまう。パンツの形が私の体型に合っているし、買いたかったTシャツもあってうれしくなってしまった。『リーバイス』は試着室に長い行列ができていたのであきらめる。

夜は友人のティムとロビンのお宅へ。

シャルル・エドワードから聞いてはいたけれども、とっても素敵なアパルトマン。思わず写真を撮ってしまったほど。インテリア雑誌に出てきそうな雰囲気なのにきちんと生活感があり、温かみがあるのは、本当に彼らが彼らのセンスで作り上げた家だからなんだろうなあ。

5.22 mar　8人家族の生活始まる！

東京着。

これから3週間弱、おばあちゃま（私の祖母）、ママ、（赴任先のニューヨークにひと足先にSonoP《ソノピー》が行っているので）ゆりちゃん、よしの、あやの、私、ナツエ、フェルディノンの8人家族…。どんなふうになるのかしら？

5.23 mer

大好きなシャンパン尽くしの夜。でも…

夜は、「ODCグランドシャンパーニュ・ドゥ・東京」というイベントへ出席するため、『フォーシーズンズホテル 椿山荘 東京』へ。これは「シャンパーニュ騎士団」というものの叙任式。

シャルル・エドワードは仕事のため、ディナーはママに付き合ってもらう。午後6時から叙任式なのに道が予想以上に混んでいて、ほんの少し遅れてしまった。でも、ぎりぎり私の番には間に合いひと安心。知っている人もたくさんいて、ホッとする。

叙任式の後のカクテルパーティ、ディナーパーティは、もちろんシャンパン尽くし!! シャンパンが大好きな私にとっては、とってもうれしいことなのに、寝不足のため、1杯でかなり頭がクラクラして来てしまった。

せっかく食事に合わせてさまざまなメゾンのシャンパンがサービスされていたのに残念…。もっと飲みたかったなあ。

シャンパンで始まって、シャンパンで終わった…そんな夜でした。

5.25 ven　ナツエ、よしのの七五三の着物

朝から大雨。大学時代の同級生で呉服屋さんの、こしくんの所にゆりちゃんとナツエ、よしのの七五三のお着物の仕立ての相談に行く。

その後の予定が詰まっているから、早目に出かけようと思っていたのに、やっぱり思っていたより遅くなってしまう。まったく、ナツエとよしのは朝からケンカはするし、言うことは聞かないし、私もゆりちゃんも大声をあげっぱなし。子ども達のあり余るエネルギー、大人だけではどうにもできない。お店ではこしくん達が事前に選んでおいてくれた生地を見せてもらう。

フジテレビの時にずっと着物の仕事をしていたのに、着物のこと、特に子どものお祝いに着せる物のことはまったくわからず。3歳のお祝いに着る物は、長くて5、6歳までしか着られないということだけれども、七五三をきっかけにパリでも何かの時には着せてあげたいなぁと思う。とってもかわいいから。ナツエとよしのの採寸をこしくんのお母さまと奥さまが2人がかりでして下さる。そして、帰りがけにかわいい浴衣の生地を見付けてしまい…。奮発してよしのとナツエにプレゼントすることに。1週間後にはできるらしいから、東京にいる間に着せて写真を撮ろう!!

ナツエの七五三のお着物の候補です。

5.27 dim 子ども5人、大人8人の我が家のランチ大会

今回の滞在中、唯一ファミリーみんなが揃った日。子ども、総勢5人。外より家の方が気が楽なので、みんなで実家に集まることに。

シャルル・エドワードには少し早目に来てもらって、よしの、ナツエと遊んでいてもらう。その間に女性陣はランチの準備。本当に賑やかな大家族。3年の間におばあちゃまには5人のひ孫が…。ママには5人の孫が…。プラス、おばあちゃまのまりとさり（飼い犬のチベタンスパニエル）がいて、すごいことになっていた。

ママに「今が一番大変だけど、楽しい時よ!!」と言われてすでに3年経ってしまったけど、私達が落ち着いて食事ができるようになるのは、一体いつかしら？弟の長男は前よりも顔が細くなって…。私がじっと見つめるとわざと顔をそらすんだけれども、口元が笑っていて、かわいい。絶対に私のことが気になっているんだと思う（おばバカ!?）。

明日から仕事が始まるので、今夜は早目に休みたい。仕事は仕事だから…。子どもを言い訳にはできないから。

5.29 mar　正直な人が一番好き！

昨日から『グラスオール』（37ページ）のお仕事開始。ほぼ半年間、お休みをいただいていたので、スタッフの方達とも久し振りの再会。とはいえ、挨拶もそこそこに打ち合わせ開始。パッと頭が切り替わる。

今日は、新商品の開発についてのミーティング。私は技術的なことはまるでわからないから、自分が欲しいと思う物のアイデアを話す。このアイデアが実現できたらすごいなあと思う。午後は雑誌『からだにいいこと』の撮影。南野陽子さんとの対談。南野さんのイメージはデビュー当時から変わらず、私にとってはお人形さんのようにかわいらしくて、可憐で、年を重ねた今でも、ずっとそんな感じ。

ところが、お話をしてみるとメチャクチャ面白く、本音トークの連続、そして姉御肌!! 対談中、あまりにも意外で、面白くて、笑い過ぎて涙が出てしまったほど。ご本人がおっしゃるには「正直過ぎて、結構、いろいろ言われてしまったのよ！」と。これは私もよくわかる。そう、上手じゃないのよね。

でも、私は自分自身も、変なふうに器用になりたくないし、やっぱり正直な人が好き、自分も正直でいたいから。

Column Vol.6

妊婦さんはみんなを幸せにしてくれるから…

フランスが、先進国の中で唯一、出生率が増加しているというのはみなさんもよくご存知でしょう。逆に日本の少子化についてはフランスの新聞や雑誌でも特集されています。私の周りは現在、妊娠、出産ラッシュ!! 特に3人目という人が多いですね。4人、5人子どもがいるファミリーも何組かいますし、3人子どものいる友人はすでに4人目を欲しがっています。

日本女性だって、じつは3人、4人と子どもがいたらいいなあと思っている人は意外と多いような気がするのです。でも、何となく足踏みしてしまう。法律や制度の改正も必要でしょうが、それとともに変わらなければならないのは、私達女性を含めたみんなの考え方なのでは? 女性は、母親は、出産はこうあるべきなどという周りの無責任な押し付けが時に重荷になることも...。ただ温かく見守ってくれて、本当に困った時には手を貸してほしいなんていうのは少々勝手なのかしら…。でも、フランスという国はそれができている感じがするのです。

私は日本での出産経験がないので、日仏の比較はできないのですが、フランスで出産ができて良かったと思っています。つねに言葉の問題はありますが、それ以上に信頼できる先生方に出会えたことが大きかったのです。

フランスのお産は無痛分娩、夫の立ち会いが一般的です。しかも出生届は72時間以内に出産したクリニックのある地域の役所に提出。ですから、出生届を役所に持って行くのは必然的に夫や家族の仕事となります。母子ともに健康であれば4日ほどで退院。そうそう、妊娠、出産に関わる費用はすべて無料というのも日本とは大きな違いでしょうか。出産後の女性の体のケアも、定められた回数内は無料となっています。

以前、友人が妊娠してから、それまで折り合いが悪かった上司が優しくなったと話してくれたのですが、本当にみんな妊婦に優しいのです。駅のタクシー乗り場やスーパーのレジなど、妊婦やお年寄りの優先レーンがあります。道ですれ違う人達が微笑んでくれたり、話しかけてくれたりもします。彼らが言うには、「だって妊婦さんはみんなを幸せにしてくれるから…」だそう。

こんなふうに思ってもらえるなんて、素敵ですよね!

夏の章

L'été

6.1 ven 『グラスオール』、本当に愛用しています

『グラスオール』（37ページ）のお仕事、最終日。次回、また7月に‼と言って、スタッフの方達と別れる。『グラスオール』を試作品の段階から使い始めて、1年半以上。本当に肌の乾燥が気にならなくなった。

いまだに「本当に中村さんは使っているのですか？」という問い合わせがあるようだけれど…。使って、そして自分の好きな物でなければ、自信を持ってすすめられない。とはいえ、化粧品は肌に合う、合わないがあるから、私にとって最高の物でも、他の人にとっては違うことだって、もちろんある。それは試してみて、自分自身で決めることが大切。

使ってもいない物、好きでもない物を「いい‼いい‼」なんて、人にすすめるのは恐ろしくてできない。そういえば、フジテレビに勤めている時に担当していた番組の中にテレビショッピングのコーナーがあって…、友人達や見ている人達に「江里ちゃんの表情を見ていると、江里ちゃんがその商品をどう思っているかよくわかる」と言われたことがあったっけ。

6.9 sam 子どもをおいて久々に夜遊び⁉

子どもをおいて、今回の東京で初めての夜のプライベートな外出。マッサージの『ミッシィボーテ』のミカさん、長谷川京子さん、『グッチ』のプレスのヨッシーさんと私の4人でのディナー。

京子ちゃんが、近くオフの時に1人でパリに来るということで、その前にぜひ一度ディナーをと誘っていただく。本当にこういう外出は久し振り。それにしても、まったく東京のレストランがわからない。好きなお店はあるけれども、話題のお店や新しい所は全然わからない。移り変わりも早いしね。

パリで日本食が恋しくなることは、そんなにないけれども、モダンで洗練されたお店の造りやサービスの良さ、器、盛り付けの繊細さなどは恋しくなる。それに東京のイタリアンは美味!! 和食は言うまでもなく最高。あー、久し振りの大人の夜だった。

6.10 dim 五月飾りは「江里子便」で運びます

11日は朝から撮影＋午後からは打ち合わせやインタビューが入っていて時間がな

いので、今日は少し家でのんびりし、荷作りを始める。おばあちゃまとママ（母）からフェルディノンへの初節句のプレゼントだった五月飾りは、少しずつパリに持って帰ることに。送るのは心配だから…。刀は、手荷物だと没収されてしまうので、かならずスーツケースへ。後、飾り台も何とか入ったけれども、思っていた以上に場所をとってしまったので、すぐに必要のない私の物は東京に置いておくことにする。かぶとは、今度1人で来る時に手荷物で持って帰ろう。ママがナツエのひな人形を大変な思いをして、パリに持ってきたことを思い出す。

夕方、としえちゃん、まちこちゃんと『ウェスティンホテル 東京』で会う。みんなママになってしまったんだぁと、しみじみ。2人とも、きれいにしているし、とっても優しくてかわいらしいママ。フェルディノンに素敵なプレゼントをいただく。『ボッテガ・ヴェネタ』の深いグリーンのシューズ。私が履きたい!!

6.14 jeu

ナツエのいちご狩り

ナツエ、幼稚園でいちご狩りへ。子どもはピクニックが大好きだから、リュックサックに着替えやお弁当を詰めてあげると張り切って背中にしょって、「早く、早く」とせかされてしまった。午後、迎えに行くと、プラスチックの入れ物にお土産のいちごが入っていて、うれしそうに渡してくれる。誰か、子ども達の様子を写真に撮っていてくれたかしら?

そして、これからナツエを寝かせて、「ホワイトディナー」へ。何だかよくわからないけれども面白そう。とにかく、真っ白の服を着て、テーブルと椅子、白い陶器のお皿、ナイフフォーク、脚付きのちゃんとしたグラス、白ワイン、シャンパン、白いテーブルクロス、ナプキン、ゴミ袋、前菜、メイン、デザートを持って、集合場所へ。

ホワイトディナーは公共の場を許可なくディナー会場にしてしまうイベントで、自分達のディナーに必要なものは各人で持参。テーブルや椅子も用意しなければならないので、ものすごい荷物なの。私達はディナーは『ルノートル』で調達することにしている。さあ、早く準備をしなければ…。

6.15 ven　これが「ホワイトディナー」

昨夜はすごかったあ。私達のグループにテレビクルーが密着していて、

「FRANCE 2」のニュース番組の中で放送され、シャルル・エドワードが何度も映っていたと家族や友達から電話があったほど。

夜8時半に、2人とも白い服に大荷物を持って、集合場所のメトロの駅、ポルト・ド・ニュイイー入り口へ。次から次へと大きな荷物を持った白い服の人達が集まって来て、周りの人達は「一体、何事?」と驚いている。私達のグループのリーダーは「ホワイトディナー」の主催者の1人、ローラン。

60~70人ぐらい集まったかしら? 夜9時にメトロに乗り込む。この時点でも、私達が一体、どこでディナーをするのか、まだ知らされていない。メトロ1番線に乗っていると、もっと前の駅から乗っていた白い人達、後から乗ってきた白い人達で車内は異様な盛り上がり。

シャルル・ドゴール・エトワール駅で下車!! そうかぁ、凱旋門の周りでディナーだあ!! 反対車線のメトロからも白い人達が降りてくる。9時半までメトロ構内で待機。9時半にすべての出入り口から、一斉に白い集団が飛び出し、大急ぎでテーブルをセッティングして、ディナーを始める。どこでディナーをするのか事前に情報がもれてしまうと警察に取り締まわれてしまうから、主催者の10人だけが知っていて、他の人達はドキドキしながらこの日を迎えている。そして、この日の参加者は７５００人。しかも、みんな友達の友達という知り合いの集まりできちんと参加者のテーブルプランもできていたくらいだから、ある意味、大きな友達の輪!!

ディナーを始めてさえしまえば、警察は笑って見逃すしかないというわけ。

　去年はアンヴァリッドだったんですって。パレ・ロワイヤルやノートルダム寺院でやったこともあるそう。まだ凱旋門の上から撮った写真を見ていないけれども、壮観だろうなあ。たまたま居合わせて光景を目撃した観光客はみんな写真を撮っているし、凱旋門の周りを通過する消防車はクラクションを鳴らしてくれる。

　７５００人が白いナプキンを振って応えると、気分が良かったみたいで、凱旋門の周りを何周もクラクションを鳴らしながら走ってくれた。とうとう仲間の何人かが消防車に飛び乗る始末。パトロールの警察官もパトカーの中から私達のことを写真に撮っていたり…。

　日本では絶対にあり得ない光景。ローランは「エリコも日本でやりなよ」と言うけれど、でも一体どこで？　シャルル・エドワードは「皇居の周りは？」とアイデアをくれたけれども、私は「ありがとう、でも私は子どもをおいて警察に連れて行かれたくないから…」と、丁重に断る。きっと、これはパリ、フランスでしかできないと思う。

結果的に凱旋門だったから、私達は帰りの足の心配をしなくて良かったのもうれしい。歩いて帰れる距離だから。私は眠くて意識が遠のきそうだったのでひと足早く帰ることに。ゴミと椅子を持って、1人、白い集団の間を通り抜け、アパルトマンへ。さて、来年は一体どこかしら? 人数は何人になるのかしら?

6.16 sam

たまには2人で…

ここ1カ月半、シャルル・エドワードと2人で食事をしていないし、きちんと話もできない状態だったので、1時間だけ2人でランチをしに『カフェ・コンスタン』へ。これからの自分達のスケジュールや、やらなければならないことを、食事をしながら、手早く報告し合う。

きっと、どのカップルもそうだと思うけれども、何てあわただしいのだろう。

6.18 lun

女性の体を守るために…

「キネ」に行った後、ドクター・リボジャのランデヴ《予約》へ。今日の「キネ」はかなり疲れた。でも、ここに来ている間だけでなく、毎日、自分でも運動療法を続けなければ意味がない。本当に、日本ではみんなどうしているのだろう？　今日はフェルディノンを「キネ」にもドクター・リボジャの所にも連れて行った。ドクター・リボジャも喜んでくれる。体の大きさを見て、誰もが「パパみたいに大きくなるわね」と。

日本の女性にとってはショックかもしれないけれども、フランスでは出産後、当然のようにピルを処方される。もしかしたら、先生によるのかもしれないけれど…。

出産後の女性の体はとても妊娠しやすいから、女性の体を守るためにも、また心からリラックスしてSEXを楽しむためにも、ピルを飲みなさいということらしい。じつは前回の時に処方箋をもらったのに、まだ飲んでいなかったから…そう報告すると「今日から飲まなくてはダメよ。とても大切なことよ!!」と。

「このピルは飲み終わったら、ファーマシー（薬局）で買えるのですか？」と聞くと、「また処方箋を出すから来て下さい」とドクター・リボジャ。彼女の場合1回に半年分の処方箋を出してくれるので、また半年後には必然的にドクターの所へ行き、ちゃんと検査をしてもらえるということになるのね。日本だと、出産直後のピル服用はフランスほど一般的なことではないのでは…。

というわけで、とりあえず次回のランデヴ《約束》は12月。

6.19 mar

パリのエコロジー事情

お気に入りの食器用洗剤が家の近くのスーパーでは扱っていないので、別の大きなスーパーまで、買いだめをしに行く。カートに洗剤を10個入れて、キャッシャーへ。そこで気付いた!! いつの間にかこのスーパー『カルフール』は袋をくれなくなってしまったことを。大きな袋を買うか、自分で何か袋を持って来なければならないのだ。袋を買うほどの量でもないから、カートから洗剤を車の助手席に移し替え…。家に着いたら、袋を持って来て、車から運べばいい。

私も歩いてマルシェ《市場》やスーパーに行く時にはショッピングカートを使うけれども、そうでなければ毎回、袋をレジでもらって使っている。本当にエコロジーを考えたら、車の中にショッピングバッグを常に入れておくことも考えなければね。できるだけゴミを出さないようにしようとしているのだけれども、オムツだとか何だかんだとすごい量になってしまう。どんなに小さい物でも、リサイクルできるものは分けて出しているけれども、フランスはというか、パリはかなり大ざっぱな分別の仕方なのよねえ。大丈夫なのかしら?

フランスのゴミ分別法

パリ市内での基本的な分別は、「ビン類」「リサイクルできるゴミ（資源ゴミ）」「リサイクルできないゴミ」となっています。

これが愛用の食器用洗剤。アーモンドの香りがとてもいいのです。

6.21 jeu 日本のキャラクターが人気！

本当に悔やまれる。日本に行った時に、日本の絵本や、音が出る音楽絵本や、日本のおもちゃや、キャラクター商品をまとめ買いするつもりだったのに…。フランスでは日本のキャラクターグッズやキティちゃん等人気があるし、日本の物は何でも作りが良くて優秀だから、ナツエのお友達のバースデーのプレゼントに喜ばれるって思っていたのに。

半年前にナツエのお友達のビクトリアに、日本の童謡が何曲も入っている音が出る本をあげたら大喜び。いまだにいつも聴いているって言っていたもの。土曜日にアテナのバースデーパーティがあるのに、手元に何もなく残念。

アテナのママに電話をして、アテナの欲しい物を聞いたけど、日本好きの彼女の答えは「何か日本の物がいいわ。エリコがナツエにあげているような…」。あー本当に悔やまれる。結局、左岸にあるデパート、『ボン・マルシェ』でキティちゃんのバッグと小物を買った。ナツエもキティちゃん大好きだし、喜んでくれるといいのだけれど…。今度の日本滞在の時には、とにかくおもちゃなどを仕入れておこう。甚平とかもかわいいかもね!!

キティちゃん人気

とにかくキティちゃん人気はすごく、先日、偶然に16区に『サンリオ』というか、キティちゃんのブティックを見付けました。大人用には女性デザイナーのブランドがあり、キティちゃんがカシミヤのセーターやファーやバッグになっています。もちろん、モダンなカフェやレストランでそれを着ている人を見かけるし、友人はキティちゃんのダイヤモンドのネックレスをしていました。

6.22 ven

物欲、なくなっちゃったのかしら

来週27日からSOLDE《ソルド（セール）》が始まる。私が日本にいた時も、今も、いくつかのブティックの店員さんから電話でプライベートソルドのお知らせが入ってくる。

何か良い物があれば買いたい!! と思うのだけれども、結局、お店に行くこともなく、さらに来週から続けて撮影も入っているから、きっと今回はSOLDEに行くことなく、夏が終わるのだろう。別に物欲がないわけではない。見れば絶対に欲しい物はたくさんあるはず。

もう10年近く前のママの言葉を想い出す。まだ会社員の私がママと一緒にモナコとパリを旅行していた時、自分でもあきれるくらいにお買い物をしていて、さすがに「私、どうかしているよね?」と言うと、「いいんじゃない。自分で働いていただいたお金を使っているんだし、私みたいにいつかは物が欲しくなくなる時が来るんだから…。楽しみなさい」って。

SOLDEに行けば欲しい物があるだろうけれども、SOLDEに行こう!! という気持ちのおきない私。それよりも今は、子ども達と散歩したり、まだまだ静かなフェルディノンを連れてカフェでゆっくりとお茶をしていたい!!

6.23 sam　ママ特製の圧巻バースデーケーキ

シャルル・エドワードが早朝にモスクワへ出発。木曜日までの予定。ちょうど私の本の仕事と重なってしまっているので、ナツエの送り迎えやその他の手配で少し気分が焦ってしまう。久し振りにマルシェ《市場》に1人で出かける。とはいえ、冷蔵庫にはまだまだ食材が入っているので、チーズとハムとお肉を少量買う。

午後にはアテナのバースデーパーティへ。ナツエはなぜか私が一緒だと、すぐに私のそばに来たがるので、ナツエをおいてフェルディノンと、いったん家に戻って来る。ママのデルフィーヌは8カ月の大きなお腹で、家の中をかわいらしく飾り付けたり、子ども達へのお土産用のゲームを作ったりしていて…感心してしまう。来年のナツエのバースデーは、私も頑張ろう。

ナツエを迎えに行くと、おおーきなケーキが!!　何とデルフィーヌが発泡スチロールを切って、くっつけて大きなケーキの形にし、その周りにカラフルなマシュマロやボンボン（アメ）を付けて作った物。すご過ぎる。ナツエは、家ではなかなか食べさせてもらえないボンボンがたくさんあって大興奮。たくさんとってバッグにしまっていた。仕方がない…今日は見逃してあげよう。

デルフィーヌ奮闘中！

6.24 dim　92歳と生後3カ月のご対面

朝、珍しくフェルディノンが5時半頃にお腹が空いて目が覚めてしまい…。少し寝坊したかったのに…そして、ナツエも起きて来て、結局、3人でベッドでゴロゴロ…。こういう時間って、何だか良いなあ。特に予定があるわけではないから、ゆっくりと朝食を食べて、子ども部屋で遊ぶ。仕事の打ち合わせがあったので、チビッコギャングのナツエはベビーシッターのアンドレアにお願いをして、フェルディノンを連れて、『フォーシーズンズホテル』へ。

ここへ来るのも半年振りくらい。今はホテルやエアがとれないくらい混雑しているから、席がないかも…と心配していたけれども、大丈夫だった。やっぱりホテルでのお茶は良いわあ。大好き。打ち合わせだけど、とてもぜいたくな気分。トイレにフェルディノンのオムツを替えに行ったら、アメリカ人？のご婦人方が入っていらして話しかけられる。「ベビーは3カ月です」と言うと「まあ、私は92歳よ！彼は若いわねえ」とニコニコ顔。本当に…確かに若い。この世に出てきてまだ3カ月なんだなあ。人間ってすごい。

6.25 lun 『ゲラン』でオーダーする世界でただ1つの香り

フェルディノンのせきが夜になるとすごくて…。何度も子ども部屋に駆け込んでしまった。心配で結局、私達のベッドに連れてくる。でも、強くせき込む度に心配で目が覚めてしまい、何だか眠れなかった。

今日は本の取材のスタート日。まずは『ゲラン』から。昨年の12月以来、連絡をしていなかったマダム・デルクルトに久し振りにお会いする。『ゲラン』では香りのオートクチュールという形で、世界で1つだけの自分のための香水を作ることができる。マダム・デルクルトは「ランスタン」や最近の新しい香水を作っている人で、彼女と何度もミーティングを重ねながら、私も自分の香水を作っている。

香水をオーダーし始めて、早くも2年経ってしまった。あと1つのところでなかなか「これ!!」という香りに決めかねる。何かの香りの不足を感じてしまう。やはり妊娠中は嗅覚も変わるし、出産後も本当に最近まで香水をつけたいと思わなかったし、香り作りを再開する気分にもなれなかった。

マダム・デルクルトの話では、それは当然のことだとか。そう考えると、香りってすごく精神的なことと結び付いているんだなあと実感。今年の9月くらいには世界でただ1つの私の香りが出来上がっているといいなあ。

6.27 mer　1粒のチョコレートに込められた誇りと歴史

昨日の取材も楽しかった。『ラ・メゾン・デュ・ショコラ』の工場はとても興味深く、変な言い方だけれども、これだけ手間がかかっていたら、1粒の小さなチョコレートが高いのもよーくわかる。心して、いただかなければ…。チョコレートに関しては、私はいたってシンプルな物が好き。中にリキュールやキャラメルやジャムが入っているものは苦手。シンプルなブラックチョコレートは毎日の生活に欠かせない。

ディレクターのジルも本当にいい人だし、工場の人もみんなとーってもいい人。それだけでさらにこのメゾンのファンになってしまった。

それから、リネンショップの『D.ポルトー』!! いろいろと自分達でデザインをしてオーダーをしたくなってしまった。特に欲しいのがカクテルナプキン。あの「ノワール・エ・ブラン（黒と白）」のシリーズ、素敵だったなあ、ほしいなあ。

それからレストラン『タイユバン』は、今度ナツエを連れて行ってあげよう。お行儀よく食べられるかしら?

　こうしていろいろなメゾンを取材していると、そこに働く人達が本当に自分のメゾンを愛していて、誇りに思っているのがよくわかる。とっても素敵なこと!! そして、とても大事なこと。そういうことがわかると、心からそのメゾンのファンになってしまうし、値段ではなく、そのメゾンの歴史や誇りを私達は買っているんだ!! という気持ちになってくる。

6.28 jeu　スーパーママ、ダニエルに会う

『ホテル プラザ アテネ』のパティシエのクリストフ・ミシャラフ。とっても若くて、エネルギーがあり、優しくてサービス精神があり、会えて良かった。

　私を日本人ではなく、コロンビアとか南米の出身かと思ったようで、「日本に住んでいたことがあるけれども、あなたのような日本人には会わなかった!!」ですって。私はものすごーく日本的な顔だと思うけれど…。

　今夜のダニエル・スティールのお宅でのカクテルパーティは楽しかった。シャルル・エドワードにはさんざん行きたくないと言い張っていたけれども、行って良か

った。大きくて素敵なアパルトマン。600平方メートルくらいあるらしい。

ゆったりとしたサロンには大きなソファがあり、その横にあるスタンド1つとっても美術品であることがよくわかる。その横の小さいサロンは少しアジアンテイスト。欧米の人達は日本や中国をはじめとするアジアの歴史ある調度品が好きみたい。バランス良く使われていて美しい!!「はー、こういう所に住んでいる人もいるんだあー」とため息。出席者の中に何だかこの男性、知っているなあ？という人がいると思っていたら、何とパリ市長のドラノエ氏だった。彼の話は興味深く、シャルル・エドワードは完全にインタビューアーとなっていた。

それにしてもダニエルはすごい。9人の子どものママで、ものすごいベストセラー作家。でも「子育てほど素晴らしいことはない!!」と話して、私に大きな洗面所一杯に飾られている子ども達の写真を見せてくれた彼女は、子どもの話になると表情が変わってしまって…。まさにスーパーママ!! できる人はやはり何でもできてしまうんだわ。

7.1 dim ノノとエレーヌの結婚式

TGVでスジェレに着いたのは6月29日の夕方。レンタカーを借りて、車で45分ほどのホテル、『ルレ ドゥ ボワ サン ジョルジュ』へ。

大きな中庭に面した素敵なお部屋…。少し中庭を4人で散歩して、ナツエの食事をすませ、夜8時にはベビーシッターに来てもらい、結婚式の前夜祭へ。

知らない所で初めての人にベビーシッターを頼むのはイヤだけれども、2人を連れて、前夜祭のレストランに行くことはできないし、私もどうしても出席しなければならないから…。しかし、3時間で60ユーロ請求され、驚く!! パリでも普通、1時間7ユーロですもの。ぜったいにおかしいけれども、ホテル価格かもしれないし…今度からは事前に確認をしよう。60ユーロは高過ぎる。あり得ない、おかしい…。

30日、シャルル・エドワードは花婿のノノ（アルノーという友人の呼び名）の結婚式の立会人なので午前10時半からの役所での式に出席。私は子ども達と、シャルル・エドワードが戻って来るまでのおよそ2時間、中庭を散歩したり、ナツエと追いかけっこをする。クジャクや白鳥や鴨、カメ…こんなに近くで見られるなんて、ナツエは大喜び。

シャルル・エドワードが戻って来てから、ホテルのテラスでランチをし、ナッツエを昼寝させる。そうしないと、今晩の結婚パーティの時に大変なことになってしまうから。

みんながお昼寝をしている間に私は仕度をすませ、今度はみんなを起こして大急ぎで仕度をし、午後5時時からの教会の式へ。花嫁のエレーヌの言う通り、子ども達やべべ《赤ちゃん》を連れての出席者が多い。

シャルル・エドワードが立会人で新郎・新婦のそばにいるので、私1人で子ども2人を見ていたけれども…歌の多い式で、しかもとてもとても長くてナッツエがあきて来てしまい…。幸いパトリスが横にいて、ナッツエのことを見てくれていたから良かったけれども…。

とても古い素敵な教会だった。エレーヌの2人の子ども達もうれしそう。ここから、また車でノノの実家へ向かう。

20〜30分くらい走ったかしら? まずはノノの家のお庭でカクテルパーティ。ワイン好きのカップルらしく、シャンパンや白・赤ワインも良い物が揃っていて、しかも、カクテルといっても、さまざまな食べ物が前菜として並べられていて美味。フォアグラにソーテルヌのワインを合わせたり…。本当にお料理もワインも美味しくて、みんなよく食べ、よく飲み、おしゃべりが弾んでいる。

でも…こういうふうに人が多く、賑やかな所に来るのが初めてだったフェルディノンは、これまで聞いたことがないくらい激しく泣き出してしまう。ノノの家の中の静かな部屋に連れて行って、ずっと抱いていてあげて、ようやく落ち着いて眠ってくれた。ちょっとストレスになってしまったのかな？

40分以上、泣いていたかしら？ かわいそうなことをしてしまった。フェルディノンを寝かせてから、ノノの家の前の細い道を渡った広い原っぱに建てられた白いテントの中ですでに始まっていたパーティに合流。お料理はメインのお肉料理が出て来ていて、友人達のスピーチが始まるところ。

ナツエは、子ども達用のテーブルに他の子ども達と一緒に座っていてうれしそう。彼とも話していたのだけれども、お料理が美味しくてびっくり。フランスでは家の庭にテントを張って結婚パーティをすることは多いけれども、残念なことにケータリングのお食事が美味しくないことが多いから…。2人のこだわりがわかる。

シャルル・エドワードとアシルとパトリスのスピーチも好評だったし、お祝いの席によく出てくるデザートのプロフィットロールも、とーっても美味で、何度もおかわりをしてしまった。ナツエも頑張って起きていて午前0時から始まったダンスパーティにも参加。私もカメラ片手にパトリスとダンス。思いっ切り振り回される。結婚披露宴に出席する度にダンスを習おうと思うのだけれども…。もう、友人達の結婚式はないだろうから、習うとしたら子ども達の結婚式のため？　いや!!　考えたくない…。ずーっとそばにいてほしい!!

7月1日のランチはあいにくの雨模様で、みんな少しランチを楽しんでから、早めにパリに戻る人がほとんど。午前1時から始まって3時半にはほぼ誰もいなくなっていた。そして、私達もTGVに乗ってパリへ。

すぐに家に戻れるかと思ったら、モンパルナス駅のタクシー乗り場には長い列。もちろん、小さい子どものいる私達のような家族や妊婦さん、体の不自由な方は優先ラインに並べるのだけれども、タクシーが来ない上に、小さい子どもを連れた家族連れが優先ラインにどんどん並んでしまい、普通に待っている人達の順番がなかなか来なくて怒り出してしまう人もいたほど。

優先ラインがあるのはとてもありがたいけれども、もう少し上手く整理をしないと、と思う。せめて、交互にするとか。とはいえ、やっぱり、私達のように4歳以下の子ども連れだったり、お年寄り（75歳以上）にはありがたいシステムだわ。

私達の結婚式の日、役所での式のあとにそれぞれの両親と。私と母は大きなツバの帽子をかぶって…。

結婚式は基本的には土曜日に行われ、役所での式→教会での式→カクテルパーティ→パーティという流れ。パリ在住の人達は、彼らの田舎で式をすることが多く、その場合、出席者は少なくとも1泊の予定で出かけることになるので、日曜日のブランチまでがパーティです。役所での式、教会での式、ともに立会人が必要で、一般的には各々2、3人ずつ。ちなみに私は役所が2人、教会が3人でした。彼の方も…。出席者の服装は教会での式では肩を出していたり、全身黒ずくめの装いはＮＧ。パーティは華やかな色合いの人が多いです。また教会では帽子をかぶるのが正式ですが、今はかぶらない人も多いです。私の式の時には、日本から来てくれた女性陣は、張り切って大きなツバの帽子をかぶってくれて、華やかで大好評でした。

7.5 jeu　セーヌ川で暮らす人々

雑誌『グレース』の撮影開始。前回、編集のYさんとご一緒した時は、まだお腹が大きかった12月、モナコで。今日は、愛称ジジと呼ばれているフランスの公爵と結婚したアメリカ人女性のライフスタイルを取材。取材というよりも、彼女達のペニーシュ（川船）に遊びに行って楽しませてもらったという感じ。

日本で川の上の船に住んでいるなんて言うと驚かれるだろうけれども、パリでは、ある意味、セーヌ川は高級住宅地。まず、居住権を手に入れるのも大変だと聞いたことがある。シャルル・エドワードと私の友人のローレンス達も船上の住民。自分達で少しずつ船を改造しながら、快適に住んでいるし、小さいボートを横に着けておいて、時々はボートでやはりセーヌの川沿いにあるレストランなどに出かけているらしい。

ジジ達の船で、彼女の手作りのさまざまなお料理でもてなしていただき、明日からのロワールの彼女達のシャトー訪問もとても楽しみになってきた。でも、初めてフェルディノンをおいて1泊で出かけるのよね。子ども達のことだけが心配。

ロケの昼食は『ラデュレ』のマカロンとサンドウィッチ。

7.7 sam　プリンセス気分の1日

シャトーは素敵だったぁ。小さな川もある、大きな大きな庭があって、見たこともないほど鮮やかなアジサイが咲いていて…。

同じ場所でも、ほんの少しの土の違いで、おとなりに咲いているアジサイとまったく違う色になるのね。ご主人のパトリックのファミリーに代々伝わるシャトーをジジが手を加えて、住みやすくしたんですって。少しずつ手を加えて、10年かかったとか。

ジジとパトリックは人を招くことが大好きで、しょっちゅうパーティをやっているみたい。だからジジのお料理も美味しいだけでなく、見た目の美しさのために手を加えたりしていて、「えーこれ何？」と興味深いものがたくさんあった。

『グレース』のスタッフも私も、夜はみんなシャトーに1泊させていただく。寝室は各部屋ごとにテーマがあり、色が違っていたり、アジアンテイスト、ブリティッシュテイストという感じ。私の部屋のファブリックは昔ながらのフランス風のプリントで、壁もカーテンもベッドカバーも揃えられていて、しかもベッドは天蓋付きの小振りな物。ベルサイユ宮殿やシャトーを訪れた時によく見るようなベッド。実

際に足を思いっ切りのばすことはできなかったけれども、何だかプリンセスになった気分。

7.10 mar

健診は2歳過ぎまで続くフランス

何てこと!! もう、明後日には東京に出発。やらなければならないことがたくさん残っている!! メチャクチャ焦っているけれども、ここ2週間、撮影等で仕事をしていることが多かったから、とにかく日中はナツエとフェルディノンのことだけに専念するようにする。

子どもって、何てかわいいんだろう!! 体力的には大変だけれども、楽しくて楽しくてしょうがない。今日はフェルディノンの健診があって、彼の体の大きさは7カ月の子ども並みだそう（本当は4カ月）。ドクターもビックリしていた。

ナツエも2歳半くらいまで毎月、健診に行っていたけれども、ゆりちゃんの話だと、日本はそんなにないとか。フランスも先生によるのかしら？ 4月末から毎月、ワクチンも打っているし…。ワクチンはファーマシー（薬局）で購入したら、冷蔵庫で保管をし、当日、ドクターの所に持って行って注射してもらう。今は、それにも慣れたけれども、自分でワクチンを買うなんて、最初はびっくりした。そして、今日はフェルディノンの寝返り記念日!! ちゃんと見られてうれしかった。

7.14 sam ドタバタしながら東京に着きました

昨夜、東京着。うわぁーどうしよう。月曜日からお仕事なのに…何で、こんな所、刺すのよー。フェルディノンのおでこに止まりそうになった蚊を追い払ったら、私のおでこを刺して、逆襲してきたあ。しかも、かなりチクッと来て。やめてほしい。普段だったら、気にしないけれども、わざわざ仕事のためにパリから来ていて、おでこに大きくブツってできていたら、たくさんの方に迷惑をかけてしまう。

ラヴェンダーのエッセンスを付けておいたから、少しは腫れがおさまるかしら? パリにいると蚊の存在を忘れているけれども、東京は大変。夕方、実家の門の所で立ち話でもしようものなら、蚊のえじきになる。

7.15 dim

私は嵐を呼ぶ女⁉

今日は買い出し日&お友達と会う日と決めて張り切っていたのに…。あまりにもひどいお天気で計画中止。家族のみんなからは「やっぱり、江里ちゃんは嵐を呼ぶ女!!」と言われる始末。

夕方の2~3時間が雨のピークということで、家にいても時間がもったいないから、みんなで『東急百貨店 本店』へ買い出しに行くことに。友人のシャールやオスカーの出産祝いや他の子ども達へのプレゼントにかわいい甚平を購入。よしの(妹の長女)は私がプレゼントした浴衣に合わせて、ゲタを作ってもらう。地下1階の食料品売り場で食料品を買い込み、大満足。

お願いすると荷物をパーキングの中の引き取り所まで運んでおいてくれるサービスは、とっても便利!!

7.22 dim

ハワイ出発当日もまだバタバタ

フェルディノンを連れて、スーツケースとともに幕張のホテルへチェックイン。

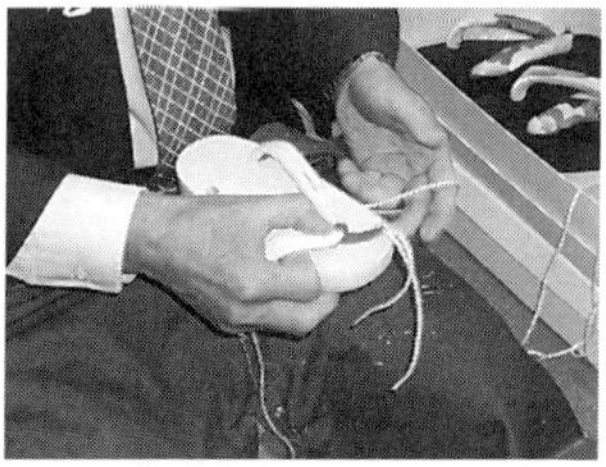

よしののゲタに鼻緒をたててもらっているところ。

ベビーシッターさんに来ていただき、私が仕事をしている3時間の間、お部屋で見ていただく。本当は、仕事が終わったら、一度家に戻ってフェルディノンを連れて成田に向かいたかったけれども、夏休みも始まっているし、週末だから、これはかなり危険。

というわけで今はホテルで、これから成田に向かいます。ANAやJALは、空港内でアシストしてくれるサービスがあるからいつも安心だけれども、外国のエアラインはサービスがないから、ほんの少し心配。手荷物は肩からかけられるように1つに小さくまとめ、片手にフェルディノンを抱いていれば何とかなるかしら？

さぁ、それでは出発!! ハワイへ。

7.23 lun

私の涙のスイッチON

ハワイと日本の時差は19時間。だから、意外と時差を感じない。ハワイ着は22日の朝7時半。とっても得した気分。やはり暑くて、汗が出てくる。

片手に荷物、片手にフェルディノンを抱いていたので、案の定、ベビーカーやスーツケースの引き取りは難しく、ポーターさんを頼んでしまう。というより、手伝ってほしくて声をかけた人がポーターさんだったのよね。ホテルに着くと、ちょうど、朝食を終えたシャルル・エドワードとナツエが部屋で迎えてくれる。

ナツエは19日にもほんの少し会っているのに、また雰囲気が変わった感じ。すでにかなり日焼けしていて元気そう!! シャルル・エドワードから昨日の夜、パリのチャールズが亡くなったと知らされる。すでにガンが骨にまで転移していたことは知っていたけれども…どうして東京に発つ前に少しでも会いに行かなかったんだろう。自分がとても冷たい人間のような気がする。

今朝、奥さまのマルティーヌに電話をした。何と言っていいのかわからず、声が出てこない。ただただ「さみしいね」しか言えない。声で彼女がかなり参っているのがわかる。どうすることもできない。ランチをするため家族4人で『ハレクラニホテル』へ。

シャルル・エドワードに2005年の弟夫婦のウエディングの話をしながら、パパのことを想い出してしまい…気付いたら泣いていた。

このホテルにみんなで一緒に泊まって、一緒に食事をした。ハワイから戻って1週間後にパパの命の期限を宣告されるなんて、まったく考えもしなかったこの時の私達の陽気さ。「食の細いパパがよく食べてる!!」と単純に喜んでいた私達。泣い

ハワイのスーパーマーケットで買い出し中。

ている私をナツエが心配そうに見ている。あーぁ、ここでスイッチが入ってしまうとは思わなかったなあ。

7.25 mer それでも行きたい所は…

ハワイに着いて4日目なのに、何もしていない…。シャルル・エドワードも私も、ニューヨークに続いて『バナナ・リパブリック』にだけは行きたい!! 他に私はナツエ用に何かかわいいキャラクター付きの物を買いたいかな? ジップロックとかバンドエイドとかティッシュとか…。

7.26 jeu 片手にフェルディノン、片手に原稿

やっと、メールができるようになる。でも、簡単にインターネットに接続できるはずなのに、私のパソコンは調子が悪く、ホテルスタッフの方に助けていただいて、ようやく接続。

シャルル・エドワードがナツエを連れて動物園に行っている間に、たまってしま

っていた原稿を書いたり、メールをチェックしたり。こういう時にかぎってフェルディノンは、抱っこしてほしいようで、片手に抱っこしながら原稿を書く。腕に筋肉が付くはずよねえ。子ども達のお昼寝の後、『アラモアナ・ショッピングセンター』へ。シャルル・エドワードがどんな所か見てみたいと言うので…。ヨーロッパのブランドのほとんどが出店していて、びっくりしたみたい。しかも、行き交う人達がみんな袋を持っているから驚きも倍増。

「ここに『バナリパ』あるよ」と私。とりあえず入り、2人とも数点購入。シャルル・エドワードが見付けて、すすめてくれた秋冬物のトレンチコートは、とってもかわいらしくて迷わず購入。その他に気に入ったパンツ類はサイズがなくてあきらめ、靴屋さんに行ってナツエ用の『コンバース』を探すのだけれども、こちらもサイズがなかなかない。

短時間だったけれどもショッピング、楽しかった!! 久し振りだから…。私達の買い物にも付き合ってくれたナツエに『ABCストア』でキティちゃんのバンドエイドを買ってプレゼント。と～っても喜んでくれた。『コンバース』の靴より、うれしそう…。

7.30 lun 時間に追われながらも子どもといればHAPPY！

今、かなりの酔っぱらい状態!! 字も酔っているのが、かなりわかります。久し振りにシャンパンをボトル半分、飲みました!! もしかしたら半分以上？

でも、原稿も書いたし、仕事のメールもちゃんとしました。時々、男の人って、とっても勝手だなと思う。シャルル・エドワードは今日の午後はゴルフ、そして明日の午前中もゴルフ。私にとっては、子ども2人と過ごす時間はHAPPY以外の何物でもないけれども…。

今日、今後のホテルの予約完了!! 本当にどうなることかと心配だった。今まではコテージを借りていたけれど、8月1日には今借りているコテージは出なければならないし。帰国日を変えようにもエアは変更できないし…。ひと安心。

でも、当初シャルル・エドワードが行きたがっていたカウアイ島ではなく、マウイ島に行くことに。『ホテル・ハナ・マウイ』というホテルはマウイの果てにある天国と言われているよう。空港から車で2時間半らしい。海以外に何もない所で初めて家族4人だけのヴァカンス。どんな時を過ごすことになるのかしら？

7.31 mar

去年、今年、そして来年のバカンスは…

もう7月も終わり。日本はすでに8月1日になっているのよね。シャルル・エドワードがゴルフに行っている間に荷作りを進める。ナツエにフェルディノンを見ていて!! と頼むと、そばで一所懸命あやしてくれて…。

2人でゲラゲラ笑いころげている姿はかわいらしく、何て穏やかな光景なんだろうと思う。ナツエの日本語はここ数日でさらに上手くなり、言葉を正しく使えるようになっていて、彼と2人で驚いてしまったくらい。

フェルディノンは2日くらい前から、ミルクの量が増えて…そろそろ、少しずつ離乳食を始めてもいいのかな? すぐ近くに家を借りているTさんファミリーとも、ここに来てからはほとんど会うこともなく、家の中とプールで時間を過ごしている。いつものことだけれどもテレビも観ないし、音は風の音だけ。とっても静かな時間。

マウイの後は、いったん東京に戻ることに決定。たった2日だけれども、おばあちゃまやママと過ごせるのはうれしい。ゆりちゃん達がいなくなってさみしくなってしまっているのでは? と心配だったから…。結局、ショッピングは『バナリパ』に行っただけだから、お土産はまだ買っていないのよね。いつものマカデミアナッ

ハワイでのんびりくつろぐ彼と私です。

ツのチョコレートでいいかな? みんな、あれが大好きだものね。

それにしても、不思議な感じ。去年の8月はインドネシアのバリにいたのよね。妊娠初期でとても体がだるくて…時間さえあれば横になっていたし、食べ物にもすごく気を遣っていた。今年はハワイで単に場所が変わっただけで、いつものように子ども2人のことに追われ、2人が昼寝中や、夜寝てから仕事をして…。まだ去年の夏は、オムツをとる練習をしていたナツエが1人でトイレに行き、いろいろなお手伝いができるようになり。

来年の夏はどうしているのだろう。フェルディノンも歩くようになっているから、大変だろう。今年は3日しか行けなかった、実家の『十字屋』の夏祭り、もう少し手伝えるといいなあ。きっと…またあっという間に夏を迎えてしまうのでしょう。

横でナツエが私のマネをして、ノートを広げて何やら書きながらおもちゃの携帯片手に仕事をしていて、おかしい。こんな何でもない時間がすごく大切。

Column Vol.7

私流ダイエット

ダイエットに興味がないわけではないけれども、やせるために特別なことをするというのは、どうも私には向いてないみたい…。というより、続かないでしょう。

ナツエの出産後、半年経って、それまで緩やかだった体型の戻りのスピードが一気に早まり、むしろ出産前よりもやせてしまいました。パンツなんて、みっともないくらいにブカブカ。ナツエはハイハイ等を始めてかなり動くようになり、私は本格的に仕事を再開し…。とにかく時間がない。いけないと思いつつも、食事をするよりも体を休めたり、他のことに時間を割いていたら、あっというまにやせてしまったのです。

周りの方達からは「体型がもう戻ってすごいですね」とか「カッコいい」などと、褒めていただくことの方が多かったけれども、私自身は「このままではいけない」と注意信号を自分に発していました。細い＝美しいということではないから。特に子どもができてからは、私が健康でいなければと強く思うようになりました。

子育ては体力が必要。そして安定した精神も。日々の生活の中で、新鮮な食材をおいしくいただき、よく動き、きちんと眠ること。それが健康な美しい体につながっていくのでは？と思います。

私はこの20年間、まったく運動をしていません。10代の時に鍛えた筋肉もすっかり落ちてしまいました。運動をしなければといつもいつも思いながら、なかなかできないでいます。

その代わりに生活の中でよく動いています。気が付いたら、拭き掃除や整理整頓をはじめとし、1日中、動いていることもあるくらい。パリではよく歩いていますしね。

東京でマッサージをしていただく高橋ミカさんや整体の先生に、息子の出産後、体がしっかりしてきて、背中や足に筋肉が付いてきましたねと言われました。そう、本当に子育てはいい運動でもあるのです。

とはいえ、お腹の周りの柔らかいお肉は今も健在。ここのお肉だけはしっかりと運動をしなければ、とれないようです。かなり深刻な問題。これまでさまざまな理由をつけてはスポーツをしないできた私も、重い腰を上げざるを得なくなってきました。また、水泳を再開しようかしら。

あとがき

いかがでしたか？

まずはこの本を手に取り、読んで下さった方々に、心から御礼を言いたいのです。

ありがとうございました！

この本を読まれた方には、私という人間と生活をさらけ出してしまったような気がして少々気恥ずかしいのですが、これからも変わらずに見守っていただけるとうれしく思います。

また、この本を作るにあたり、私の体調をはじめいろいろとお気遣いをして下さり、静かに優しくサポートして下さったKKベストセラーズの髙場さん、森永さん、そして撮影にも立ち会って下さったデザイナーの浮須さんやスタッフの皆さまに、心から御礼を申し上げます。いつの日か子ども達にこの本を、そして大学ノート3冊分の日記を読んでもらいたいと思っています。

あっ、彼はどうしたらいいのかしら？　まあ、これからゆっくり考えましょう。

2007年11月　パリにて

中村江里子

STAFF

デザイン ● 浮須芽久美（フライスタイド）

章扉イラスト● 加藤 大

撮影 ● 齋藤順子（カバー＆65ページ〜72ページ）

● 村上悦子（169ページ〜176ページ）

本文写真 ● 中村江里子と周りの人々

ヘア＆メイク ● 矢澤康隆（プラスチック）

中村江里子の毎日のパリ

2007年12月10日初版第1刷発行
2007年12月28日初版第3刷発行
著者 ● 中村江里子

発行者 ● 栗原幹夫
発行所 ● KKベストセラーズ
東京都豊島区南大塚2-29-7 〒170-8457
電話03-5976-9121
振替00180-6-103083
http://www.kk-bestsellers.com/
印刷所 ● 近代美術株式会社
製本所 ● 株式会社積信堂
電飾製版 ● 株式会社三協美術
ISBN978-4-584-13031-5 C0095